夜明け前のセレスティーノ

CELESTINO ANTES DEL ALBA

REINALDO ARENAS

新装版

レイナルド・アレナス

安藤哲行 訳

国書刊行会

世界一きれいな女の子、
マリセラ・コルドベスに

でもだれも彼の顔を見ようとしませんでした。
天使の顔にそっくりだったからです。

――ワイルド

ぴったり閉じたわたしの瞼のなかで夜が開ける。

――J・L・ボルヘス

幸せだ、蝶に生まれるか
衣装に月の光をまとうやつらは。
幸せだ、薔薇を切り、
小麦を刈りとるやつらは！

幸せだ、天国がありながら
死を疑うやつらは、
そして無限を信じて
気ままに流れる風は！

幸せだ、誉れ高く、強いやつらは
憐れみをうけたことのないやつらは、
フランチェスコ神父に
祝福され、にこやかに頬笑みかけられたやつらは。

おれらはとても辛い思いをする、
道を横切るときに。
川のポプラが
おれらに話しかけることを知りたいのだが。

——フェデリコ・ガルシア・ロルカ

夜明け前のセレスティーノ

ぼくのかあちゃんは家から走りでてきたところ。そして、井戸に飛び込むわ、と気狂いみたいに、叫びつづけた。井戸の底にぼくのかあちゃんが見える。落葉だらけの緑っぽい水面に浮いてるのが見える。そしてぼくは中庭に向かって駆けだす。井戸はそこにあるんだけど、アルマシゴの丸太で作った井戸べりは崩れかかってる。

駆け寄って、のぞき込む。でも、いつもと同じ。ぼくがそこ、下にいるだけ。ぼく、下から、上に反射している。ぼく、緑っぽい水面につばをはくだけで消えちゃう。

かあさん、ぼくをだますの、これが最初じゃないよ。頭から井戸に飛び込むって毎日言うけど、全然。絶対、そんなことしない。ぼくを家から井戸へ、井戸から家へ死に物狂いで走らせられると思ってる。だめだよ。もううんざりしてるんだ。いやなら飛び込まなくていい。でも飛び込まないなら飛び込むなんて言わないで。

ぼくらは古いピンギンの茂みの陰で泣いてる。ぼくのかあちゃんとぼくは泣いてる。このピンギンの茂みではトカゲたちはとっても大きい。見物なんだけどな！　ここのトカゲは形がちがってる。ぼくは頭がふたつあるのを見たばかり。はいずってるそのトカゲには頭がふたつある。たいていのトカゲがぼくを知ってて、ぼくを憎んでる。憎んでる、機会をうかがってるってことは分かってる……。「くそったれ！」とぼくは言い、目をぬぐう。そして棒をつかんで追いかける。でも連中は思いのほか賢くて、ぼくを見ると鳴きやみ、ピンギンの茂みにもぐり込んで姿を消す。腹立たしいのは、連中はぼくを見てるんだけどぼくには連中が見えず、捜したって見つからないって分かってること。たぶんぼくのことを笑いものにしてるんだ。

ついにぼくは一匹見つける。棒でなぐりつけ、ふたつにする。でも生きてて、片方は駆けだし、もう片方はぼくの前で跳ねはじめる。とんま、そんなに簡単に殺せるなんて思うなよ、と言ってるみたいに。

「人でなし！」とぼくのかあちゃんは言い、ぼくの頭に石をぶつける。「かわいそうに、トカゲたちはそっとしておくの！」。ぼくの頭はふたつに割れ、片方は駆けだした。もう片方はぼくのかあちゃんの前にいる。踊ってる。踊ってる。踊ってる。

いまぼくらはみんな家の屋根の上で踊ってる。屋根は人だらけ！　ぼくはヤシの葉によじ登るのが大好きで、上ではいつもウタムクドリモドキ《トティ》の巣を見つける。ぼくはトティの卵は食べない。腐ってるにきまってるという話だから。じゃあどうするかといえば、ぼくのじいちゃんの頭めがけて投げつけるんだ。ぼくのじいちゃんはぼくが家の上にいるのを見るといつも、ヤシの葉を切るのに使う長い棒をつかんで、まるでぼくがダイオウヤシの実といわんばかりに、つつきはじめる。卵のひとつがぼくのじいちゃんの片方の目にあたってつぶれた。そしてぼくはなぜか分からないけど、ぼくのじいちゃんが片目になったように思う。でもそうじゃない。あのじじいの目をとりだすには鉤のついた竿を使わなくちゃいけない。目の玉がビンの底より固いから。

ぼくは屋根の上でひとり踊ってる。いとこたちはもう下に降ろさせた。いま松の木のあいだで寝てる。白いレンガの囲いの内側で。そこには十字架。十字架。十字架。

「どうしてこんなにたくさん、十字架があるの？」とぼくは、いとこたちに会いに行った日、ママに訊いた。

「安らかに眠り、天国に行けるように」とぼくのかあちゃんは言うと、泣きじゃくり、ずっと離れたところにある十字架にかかってる真新しい花輪を盗んだ。そのときぼくは十字架を七本引き抜き、腕に抱えた。そしてぼくのベッドの下にしまった。ベッドに横になったとき安心して眠れ、サソリよりひどい針をもってる蚊さえ気にしなくてすむように。

「この十字架があると眠れるんだ」とぼくは、おばあちゃんが部屋に入ってきたとき、言った。**ぼくのばあちゃんはひどく年とってる、**ベッドの下にかがんだとき、そう思った。「この十字架、ふたつあげる」と、十字架をわたしながら、ばあちゃんに言った。するとばあちゃんはみんな抱えた。「きょうはまきが足りなくてね」。そしてかまどまで来ると、それをこっぱみじんにして火にくべた。

「ぼくの十字架になにするんだ、ろくでなし!」とぼくは言うと、火のついた十字架の木っ端をつかんで持ちあげ、目玉をえぐりだそうとした。でもこのばばあとはだれも勝負にならない。ぼくが火のついた棒をとると、ばあちゃんはかまどで煮えたぎってる湯の鍋をつかんで、ぼくにかぶせかけた。のかなかったら、いまごろは赤むけになってた。「なめるんじゃないよ」とばあちゃんは言い、そのあと、焼いたサツマイモをくれた。ぼくは半分食べかけのサツマイモを手にエビスグサの茂みに行き、穴を掘って埋めた。それから乾いたエビスグサの茎で十字架を作り、死んだサツマイモのそばにそれも埋めた。

でもいまはそういったことを考えるのはやめて、どうしたらじいちゃんに棒で突かれずに屋上から降りられるかを考えなくちゃいけない。もう分かってる。トタンの雨樋を猫みたいに進み、じいちゃんが思いもよらないときに雨樋から飛び降り、駆けだすんだ。ああ、ぼくのじいちゃんの上に落ちてぺちゃんこにできたら！　悪いのはじいちゃんだけだ。じいちゃんだ。だからぼくら、ぼくといとこ全員がここに集まる。ここ、家の屋根で、ぼくらは何度もしてきたことだけど、どうやってじいちゃんに寿命が来る前に死んでもらうか、その方法を考えださなくちゃいけない。

この家はいつも地獄だった。みんなが死んでもないのに、もうここでは死んだ人たちの話ばっかり。そしてまず最初にばあちゃんがいたるところで十字を切りはじめた。でも暮らしがほんとに悪くなったときだった。セレスティーノが詩を書こうと思いついたのは。かわいそうなセレスティーノ！　いまぼくには彼が見える。居間のドアの陰に坐って両腕を引き抜いている。

かわいそうなセレスティーノ！　書いてる。たえず書いてる。牛が妊娠した日をメモしたおじいちゃんの帳面の裏表紙にも。リュウゼツランの葉やダイオウヤシの木の皮にだって。だから馬たちが食べにきても手遅れだった。

書いてる。書いてる。そして書き散らすためのリュウゼツランの葉が一枚もなくなる。ダイオウヤシの皮も。おじいちゃんの元帳も。するとセレスティーノは木の幹に書きはじめる。

「そんな女々しいこと」と、セレスティーノが書いてるのを知ったとき、ぼくのかあちゃんは言った。そしてそれが最初だった、井戸に飛び込んだのは。

「そんな子を持つくらいなら、死んだほうがまし」。そして井戸の水面が上がった。

そのころママはなんて太ってたんだろう！　ほんとに太ってた。そして、ママが沈むと、水はどんどん上がった。見てほしかったな！　ぼくは井戸に駆け寄り、その水で手を洗うことができた。そして、ほとんど体を曲げずに、首をちょっとのばして水を飲んだ。そのあと両手をひしゃく代わりにして飲みはじめた。その水はほんと冷たくって、ほんと澄んでた！　ぼくは両手を濡らして、手で水を飲むのが大好きだ。ちょうど鳥たちがするみたいに。もちろん、鳥は手がないので、くちばしで飲むんだけど……。でも鳥たちに手があって、ぼくらが考えちがいしてるとしたら？……。ぼくはなんて言ったらいいのか分からない。この家の暮らしはだんだんひどくなってきてるけど、ほんとのところ、なにを考えたらいいのか、ぼくには分からない。でも、とにかく、考える。考える。考える……。そしてセレスティーノがいままたぼくに近づく。文字の書いてあるダイオウヤシの葉を残らず腕に抱え、大工の鉛筆を胃の真ん中に突き刺して。


「セレスティーノ！　セレスティーノ！」

「カルメリーナの子供、気がふれた！」

「気がふれた！　気がふれた！」

「木の幹に落書きしてる」

「完全にいかれてる！」

「恥ずかしい！　ああ！　こんな目に遭うのはあたしだけ！」

「恥ずかしい！」


ぼくらは川に行った。男の子たちの声がだんだん騒々しくなった。セレスティーノを川から引きずりだして、女と泳げ、と言った。ぼくもセレスティーノのあとから出た。すると男の子たちはぼくを捕まえ、数をかぞえながら八回蹴っとばした。左右それぞれの尻を四回ずつ。泣きたくなった。でもセレスティーノがぼくのためにも泣いてくれた。

そしてぼくらが牧場の真ん中にいるとき夜になった。このあたりではそんなふうに、突然夜になる。思いもよらないときに、ふいを突く。ぼくらを包み込んでどこにも行かない。ここではほとんど夜が明けない。もちろん、日が出る、と多くの人は言うけど。ぼくもときどき言う。ときどき。ときどき。とき……。

「あいつらがしたこと、家のみんなが知らないといいけど」とセレスティーノはぼくに言い、グアバの葉で目をぬぐった。でも家に帰ると、もうみんな入口で待ってた。だれもなんにも言わなかった。うんともすんとも。家に着いた。ぼくらが食堂に入ると、かあちゃんは台所のドアから出た。かまどの向こうで叫び声を上げ、中庭に走りだし、また井戸に飛び込んだ……。ぼくがもっと小さかったとき、ばあちゃんはぼくに雌鶏をわたして、「後をつけて巣を見つけるんだ。卵をポケットいっぱいにするまでもどってくるんじゃないよ」と言った。ぼくは中庭の真ん中で鶏を放した。鶏は駆けだした。三度、宙を飛んだ。そして姿を消した。ピンギンの茂みの中でコッコッと鳴きながら。

「鶏を見失っちゃった、ばあちゃん」
「このばかたれ！　おまえが死ねばよかったんだ！」

セレスティーノが近寄り、ぼくの頭に手をのせた。悲しかった。ののしられたのは初めてだった。ぼくは悲しくて泣きだした。セレスティーノはぼくを高く持ちあげて、「なんてばかなことを……。慣れなくちゃだめだ」と言った。そのときぼくはセレスティーノを見つめた。すると、隠そうとしてたけど、セレスティーノも泣いてるんだということに気づいた。そしてそのとき、セレスティーノがまだ慣れていないことが分かった。一瞬、ぼくは泣くのをやめた。そしてふたりで中庭に出た。まだ昼だった。

まだ昼だった。

にわか雨が降った。そして雨だけでは満足できなかったので、稲妻が雲の向こう、ナンバンサイカチの木の上のほうの葉のあいだで何度も何度もまばたきしていた。にわか雨のあとにはほんといい匂いが残る……。ぼくは前はそうしたことに気づいたことがなかった。そのとき気づいた。そして鼻と口から空気を吸い込んだ。そしてまた、匂いと空気でおなかをいっぱいにした。もう太陽は出そうになかった。雲が多すぎたから。でもまだ全体が明るかった。ぼくらはバンレイシの木々の下を歩いたけど、ぼくは葉の混じった泥が靴の穴を通り抜けてくるのを感じてた。その泥は冷たくって、突然ぼくは、雪の中を歩いている、バンレイシの木はクリスマス・ツリーで、家族全員が家にいて、なんだかワイワイガヤガヤ、それまで耳にしたことのないような楽しそうな声をあげてる、そんな気がした。「このあたりに雪がないのは残念だね！」とセレスティーノに言った。でももうぼくといっしょにいなかった。「セレスティーノ！　セレスティーノ！」とぼくは、とっても小さな声で叫んだ。目が覚めたらぬかるみの真ん中なんてのはまっぴらっていうみたいに。

「セレスティーノ！　セレスティーノ！」

また稲妻が光った。ぼくのかあちゃんは走って雪を横切り、とっても強くぼくを抱きしめた。そして「坊や」と言った。そして「坊や」と言った。ぼくはかあちゃんに頬笑みかけ、ぴょんと跳んで、首に抱きついた。そしてぼくらふたり、白ずくめになった地面の上で踊りはじめた。そのとき、家で歌ったり騒いだりしてる人たちのざわめきがだんだん近づいてきた。串に刺した子豚の丸焼きを持って、歌いつづけながらぼくらのところまで来た。いとこたちはみんな声をそろえて歌い、ぼくらのまわりをまわりはじめた。ママはぼくをとっても高く持ちあげた。その腕でできるかぎり高く。そしてぼくは高いところから、空がいっそう暗い紫色になっていくのを見た。前に降ったのよりもっと大きくて白いにわか雨が雲から離れはじめていた。そのときぼくはかあちゃんの腕を振りきって、いとこたちのいるところまで駆けていき、そしてそこで、ぼくらはみんな雪の上でとっても高く飛び跳ねたり、歌いに歌ったりしはじめたけど、そうしてるまにぼくらは透明になっていった。飛び跳ねた跡の残っていない地面と同じくらい透明に。

一瞬、ものすごい雷の音がした。稲光があっというまに雪を全部溶かしていくのが見えた。そして大声を上げたり目を閉じたりする前に、ぼくはぼくを見た、ぬかるみの上を歩いてる。そしてセレスティーノを見た、バンレイシの幹のとっても固い皮に詩を書いている。ぼくのじいちゃんは、斧を手に、台所から出てきて、セレスティーノがたった一言でもなにかを書いた木を残らず切り倒しはじめた。

木の幹に何度も斧を振りおろしてる、そんなじいちゃんを見て、ぼくは『チャンスだ。背中に石をぶつけてやるんだ』と思った。でもそうしなかった。もし失敗して、殺せなかったら？　うまく石をぶつけられなかったら、もうおしまい。じいちゃんは頭にきて、ぼくに襲いかかり、斧でぼくをミンチにするだろう。

ぼくひとりではなんにもできない。ときどき、いろんなことをしたくなるんだけど。でも結局なにもしない。ある日、家に火をつけようと思った。柱をよじ登って屋根に上がり、マッチをすって、あとはヤシをつかんで火をつければみんな火薬みたいに燃え、炭の粉みたいに真っ黒だった家は跡形もなくなるというとき、トティのヒナたちのことを思いだした。卵の殻からでたばかりで、雨樋近くの巣でとっても安らかに眠っている。ぼくはそのヒナたちのことを思いだして、とってもつらくなった。そしてなにもしなかった。そして屋根から降りた。『まあいいか、ヒナが大きくなって、あそこから飛び立ったら、そのときにはなんにも気にせず家に火をつけられるんだ』と自分に言い聞かせながら。そして地面に降りると、背中がバラバラになり、脇腹がガタガタになりそうなくらいこっぴどく木の枝でたたかれた。

「このろくでなし！　屋根に登るなと言っただろうが。いまじゃ家の中より外のほうが早く雨が上がる。みんなおまえが開けた穴のせいだ、ヤシの葉の屋根や雨樋を歩きやがるから！　このとんま！　働け！」

そしてまたピシッ。そしてまた。そしてまたピシッとおじいちゃんはたたく。雨樋の下で、落ちつきはらってぼくを待ちつづけ、ぼくが降りるあいだ何度もねらいをつけていた。だから、いまぼくは、じいちゃんが頭に来てぼくの背中に振りおろす木の鞭が宙でヒューという音を立てるのを耳にしながら、少しずつ伝い降りるしかなかった。こんちくしょう！　じいちゃんは突然ぼくをつかんだ。枝が振りおろされるのを見てぼくはどうしていいのか分からなかった。なんだか胸にこみあげてきて、泣きたくさえなった。でもそのあとはらわたが煮えくりかえりはじめ、肌の色まで変わったように思った。そしてそのあとぼくはばかでかい声を張りあげ、野原めざして全速力で駆けだした。じじいを後に残して、ののしりながら、**じじい**が倒した木々の切り株につまずきながら。野原はほんと美しい！　大好きだ。

そこに着くとぼくは最初に見つけた草むらに倒れ込んだ。ツツガムシや山ナンキンムシが刺すのも気にならなかった。草を背に雲を見つめながら、できるだけ気持ちのいい姿勢をとった。そ

あたしたちはカイニットをとりにいったけど、
熟れてないグアバをいくつか見つけただけだった。
――ぼくのばあちゃん

して手の届くところにある野生のパピータを食べはじめた。とっても大きな雲がふたつ、ぶつかりあい、粉々になった。

その断片がぼくの家の上に落ち、地面に押し倒した。雲の断片がそんなに重くて大きいものだなんて思ってもみなかった。まるで刃があるみたいによく切れ、そのひとつがぼくのじいちゃんの頭を見事にちょんぎった。いとこたちは、川を歩いていたので、助かった。ぼくのばあちゃんを見つけてくれるような神様はいないので、雲はばあちゃんを粉々にし、蟻がその断片を運んでったみたいだった。ぼくは草むらから雲の塊の下敷になった家へと駆けだすけど、着くとぼくのかあちゃんの片腕とセレスティーノの片腕しか見えない。ぼくのかあちゃんの腕がちょっと動く。家の残骸とすすのあいだで（というのもこの家にはかまどの煙が出ていくところがないから。食堂にひとつ窓があるだけ、だから家中がいつも鍋底みたいに黒かった）。

「出して、もう息がつまる！」というぼくのかあちゃんの声がし、その腕が揺れ、ピョンピョン飛び跳ねる。

セレスティーノの声はまったく聞こえない。セレスティーノの腕はすすと丸太のあいだからわずかばかり出てるけど、ほとんど動かないし、手はセレスティーノの息の根を止めかけている梁や黒いオオギバヤシの葉をなでてるみたいだった。

「出して！　くそっ！　あたしはおまえの母さんよ！」

「すぐ行くよ。すぐ行く！」

そして、にこにこして、セレスティーノの冷たい動かない手があるとこまで近づき、上にのってる残骸を持ちあげはじめる。やがて、暗くなりかけたとき、ようやく助けだせる。

雲の嵐は少し落ちついて、とっても細かなにわか雨がすべてを透明のような、とっても白い色にしていく。落ちてきそうにないその水のもやの中から、ぼくのかあちゃんが両手で鉤竿を持って近づいてくるのが見える。

ぼくはツツガムシに背中じゅう刺されたけど、刺されたのを感じなかった。それくらいうっとりしていた。ぼくのかあちゃんはとげなんかものともせずにピンギンの茂みの上を越え、飛びあがる。

もうぼくの前にいる。野原の真ん中で、鉤竿でぼくの喉に狙いをつけて。

「どうして助けてくれなかったの？　ろくでなし！」。ママは鉤竿をいっそうにぎりしめる。ひんやりして、こそばゆい、そんな感じがもうぼくの首の皮を通り抜けていく。「あたしはおまえの母さんよ」

その野原でいつだったかぼくのいとこのエウロヒアが行方不明になった。かわいそうなエウロヒア！　まきを探しに出かけて、二度と家にもどらなかった。まきを持っても、まきなしでも。

「答えなさい。どうしてあたしを助けなかったの？　あたしがおまえを産んだのよ」

いとこのエウロヒアはまだ帰ってきていない。なにか起きたにちがいない。ぼくらはみんな食堂で待っている。うんともすんとも言わずに。床やたったひとつしかない窓を見つめながら。でもなんにも言わずに。

「エウロヒア！」

「エウロヒア！」

ばあちゃんは泣いてる。エウロヒアが行方不明になったらじいちゃんが首をつるのが分かってるから。エウロヒアがかわいそうだ。でもじいちゃんのことを考えると行方不明になってくれたらうれしい。

「あたしには子供なんかいない！　あたしにいるのはけだもの！」

アベ、マリア、恩寵に充ちた。御子の祝福されんことを。聖母マリア、エウロヒアが現れますように、現れなけりゃ火にくべてやるから……。

天にましにます、我らが父よ……

「けだもの！　けだもの！　自分の母親を助けずに、すすの山の中で窒息させかけた」

かわいそうなエウロヒア……。エウロヒアが山に出かけたとき、泣いてるのを見た。じいちゃんの部屋から出てきてすぐ、泣きだしてた。かわいそうなエウロヒア！　あんなにばかじゃなかったらじいちゃんにのしかかられなくてもすんだのに。でもこの家の奴隷なので、みんながくいものにする。そしてエウロヒアにしたいことをする。ぼくだってある日の午後、エビスグサの草むらの陰に押し倒して、のしかかった。エウロヒアはまったくなにも言わなかった。棒で四発たたくとラバみたいに鳴き、大汗をかきはじめた。

かわいそうなエウロヒア！　泣きながら家を出たんだけど、ばあちゃんはかんかんに怒り、ママは流しの汚い水を頭にぶっかけた。

「こんちくしょう！　あたしの一人息子、あの子はとんまになってしまった！　あたしの運命ってなんて悲しいの！　あたし、生まれる前に死んじゃうべきだった！」

エウロヒアが山で行方不明になったんじゃないことはよく分かってる。家中がぼくに信じさせたがっているけど。だとすると、やがていつかぼくらはエウロヒアがカズラで首をつっているのを見つけることになる。まるでクビワスズメと同じようにとっても高いところからぶらさがって。あのクビワスズメたちは水を飲むときだけ地面に降りるんだけど、それも、どの木の葉にも水滴がまったく見つからなくって、飛べないくらい喉が渇いているとき。そうでなきゃ、絶対降りない！

だれがクビワスズメなんかになるもんか！……ぼくは喉が石のように渇いたって水なんか飲まない。

鉤竿の刃がぼくの首をひんやりと突き抜ける。ぼくは両手で石や草にしがみつくけど、もう喉びこに冷たさを感じるまでになってる。

逃げだせたら。

ほんとのところ、そうしたいのかどうか分からないけど。そしてぼくを自由にしてくれたら、鉤竿でまたぼくを突いて、とママに言うかもしれない。そう言うかもしれない。そうしてくれるようにママの前にひざまずきさえするかもしれない。そして、もっと鉤竿の刃をとぎだして、と言うかもしれない。

「ろくでなし！　ろくでなし！」

冷たさがぼくの喉全体に広がっていくにつれ、ぼくのかあちゃんは意地悪じゃないってことが分かっていく。ぼくの上にそびえるかあちゃんが見える。マドルライラックの幹みたいだ。みんなは家畜をつないでおくときに使うけど、マドルライラックは縄やロープを何度も巻きつけたりすると枯れていくのを知らない。

ぼくのかあちゃんは美しくなってきてる。ほんとに美しい！　袋で作ったスカートとエウロヒアから盗んだ大きなブラウスを着て、とってもきれい。ぼくはかあちゃんを愛してる。そしてかあちゃんがいい人でぼくを愛してくれてることが分かってる。ぼくは一度もかあちゃんに会ったことがない。でもいつもいまみたいな人を想像する。ひんやりと気持ちよく、なんだかくすぐられてるみたいに感じる、そんなふうにぼくの首をなでながら泣いてるような。

ぼくはそんなふうにかあちゃんを想像しなくちゃいけない、ほかのじゃなくって。

「このろくでなし！　あたしなんかいますぐ首をつったほうがいいんだわ！」

ぼくは立ちあがってかあちゃんに抱きつきたくなる。許しをこい、ばあちゃんもじいちゃんもぼくらを苦しめられないような遠くへつれてってやりたい。こう言ってあげたい。『かあさん、かあさん、きょうはヒルガオをたくさん髪に飾って、とってもきれい！　クリスマスカードでしか見られないあの女の人たちのひとりに似てる。いますぐここを出ようよ。荷物をまとめて、もう逃げだそうよ。鍋底みたいな、こんなぞっとするような家なんかもう一秒だっていられないよ。いま出よう、あのいやなじいちゃんが目を覚まして、乳しぼりをしろと言ってぼくらを起こす前に。

　いますぐ出ていこうよ、昼間は出れないから』

「かあさん！　かあさん！」

　そしてもうそれ以上なにも言わなかった。考えてたことが喉につまった。もうぼくを突き抜けている鉤竿の先にぶつかった。そして口から出てこなかった。一瞬ぼくのかあちゃんは麻痺したようになってぼくの言うことを聞いていた。ぼくが**かあさん**と言ったことを野原全体が知ってる。丘全体も知ってて、まるで自分の声みたいに近くでこだまするかのように何度も何度も繰り返す。

　ママはぼうっとしてる。ぼくの首から鉤竿を引き抜く。それを草の上に放りだす。両手を顔にもっていき、でっかい声を上げる。
でっかい。
でっかい。
でっかい。

そして舞い上がりはじめ、古いピンギンの茂みを横切ると、ぼくが昇り降りしたり、トティのヒナを探したり、死んだいとこたちに会ったりして屋根に開けたとっても大きな穴から家に入っていく。

ぼくはどうしたらいいのか分からない。首がとっても熱い。手をやると、なんにもない。引っかき傷さえ。気の荒い蟻たちがぼくの背中をすっかり食べつくし、もうツツガムシたちが顔によじ登りはじめる。ぼくのかあちゃんは消えてしまい、もうほとんど夜になってる。だれにも見つからないうちに、また鉤竿で刺されたり、ばあちゃんに熱い湯を背中にぶっかけられないうちに家に着けたらいいけど。

「うん、着けるよ。今晩、着けるよ」ときちんと列になって空高く飛んでいるトティの群れが言う。でも、あのトティたちがぼくに話しかけるなんてことがあるんだろうか！　信じられない。

また空を見ると、翼が作る黒い線はまっすぐで完璧。鳥たちは旅を続け、もうぼくはほんとうのことを知ることができない。

そのときぼくは泣きはじめた。

ぼくは夜、だれにも見られてないときに散歩するのが好きだ。そう。好きなわけは、片足で歩くことができるから。切り株の上に立って、バランスをとりながら踊ることができるから。二十もの違ったおどけ顔をすることができるから。地面をころげまわって、また駆けだし、やがて霧の中に、まだ立っているボダイジュの枝のあいだに消えることができるから。ぼくはひとりでいることが、歌いだすことが好きだ。セレスティーノが近づいてきて、水を一杯くれ、と言った。「どこの」。「どこの」と答え、からっぽの両手を見せる。ほんとのところぼくはとっても物覚えが悪くて、歌ひとつまともに覚えられないんだけど。でもかまわない、ぼくが歌を作るから。暗記するより作るほうが好きなくらいだ。

もう作ってる。

だれにも聞かれなきゃいいけど。この歌がなにかの役に立つのかどうか分からないから。だれにも聞かれなきゃいいけど。聞かれると困ったことになりそうだから。作った歌を歌い、切り株のあいだを片足で歩いてるところをいとこたちに見つかったら、ほんとに困る！　だれかに聞かれたら、恥ずかしくってたまらない！　ほんと恥ずかしい！

そのあとぼくのかあちゃんが水をくれと言いにきた。「井戸が干上がったの。どしたらいいの。喉がかわいて死にそう」と言った。ぼくは答えなかった。ぼくは湿った手を見せ、ズボンのポケットにその手を突っ込んだ。いまはなにもかもが透明になっていた。今夜はものがとってもきれいに見える。いつもこんななんだろうか。それともぼくにはほかの人たちとはちがって見えるんだろうか。分からない。でもとにかく、かあちゃんの話だと、ここは世界一ひどい場所ということなんだけど、ぼくはそうは思わないし、とってもきれいなものがたくさんある。家にしたって――ときどき火をつけたくなるけど――ひどくないことは分かってるし、倒れかかっていて雌鶏たちが毎晩糞をするけど（というのもいまいましい雌鶏の大半が家の屋根で寝るから）、糞がこれっぽちも落ちないところがあって、なにもかも素敵に見える。そんなの嘘だ、この家には息のできる場所なんかどこにもない、と人は言うけど。でもほんとにあるんだ。ときどきぼくは、とっても腹が立つと、通路の隅まで行く。そこには以前、鉄格子のついた大きな窓があったけど、その鉄格子はいまは壁にくっついてるだけ。ぼくは気の荒いスズメバチの巣の下にあるその片隅に行く。そして通路の隅に腰を降ろす。そこでぼくはスズメバチを怒らせないよう、物音を立てず、ほとんど動かずにいる。するととっても落ちついた気分になりはじめる。どうしてかは分からない。たぶん、緑の葉でいっぱいの場所だからだ。というのも、その片隅にあるツタのつるがかなり成長してるし、ゴマノハグサの茂みがもうぼくより大きくなってるから。そう、そうにきまってる。植物がたくさんあるし、だれでもたくさんの葉や茎のあいだにまぎれると気分がよくなるのだから。そして雨が降ると、通路のその片隅はなおさらきれいになる。というのもチューリップのつぼみが雨でいっぱいになり、揺するとその雨が、ひょうの粒だとだれもが言いそうなくらいヒンヤリと冷たく、頭にかかるから。あるとき、ばあちゃんがチューリップのつぼみの下にもぐり込んだので、ぼくは揺すった。すると凍った雨がばあちゃんの頭上にどっと降った。駆けだしてよかった。そうしなかったら、あのろくでなしの恩知らずはぼくをチューリップのそばに埋めかねなかったから……。ばあちゃんはひどく腹を立て、根元からその花を切ってしまおうとした。でもそのときじいちゃんが山から帰ってきた。そして、ばあちゃんに反対するために（じいちゃんには花なんかどうでもよく、通路にチューリップがあってもコモクラディアがあっても同じだから）、「その花に指一本ふれてみろ」と言った。そして、けんかになった。そのときからばあちゃんは通路の植物を憎むようになった。そしてある日、ぼくはばあちゃんが、チューリップを枯らそうとして、茎に熱湯をかけているのを目にした。そこでぼくは駆けていって、じいちゃんに言った。するとじいちゃんはばあちゃんのまげをつかんで、かまどまで連れていき、両手をつかんで、鍋で煮えたぎっている湯の中に突っ込んだ。ばあちゃんは、胸に石をぶつけられたときの牛みたいに、鼻息を荒くして、うめいた。でも二度と通路の茂みに熱湯をかけなくなった。そしていまぼくは葉のあいだでのんびりころがるし、そこでひどくいい気分になるとチューリップを掘り返し、その根っこを食べだすことがある。チューリップの根っこはほんとにおいしい！　いつも冷たくて、苦いジャムみたいな味がする。それがぼくを酔っぱらわせ、とっても愉快な気分にさせてくれるので、あっというまに落葉の中で寝てしまう。ときどきスズメバチが上のほうにある巣で怒り狂い、丸くなってぼくの顔に落ちてきて、二、三回くらい刺しさえするけど。でもそんなのはたまのことだ。たいていはなにも起きず、一、二時間のんびり眠れる……。ほんとうにここにはとってもすてきなものがある！　それに家族にしたって人が言うほどひどくない。ぼくのかあちゃんは、ときどきひどくあたりちらすけど、別人みたいなときだってある……。まだ覚えてるけど、ある日、ぼくが水の入ったバケツをふたつ肩にかついで井戸から帰ってきたとき、もう家に着くというところでころんで倒れてしまった。そのときぼくはとっても悲しくなって、地面にできたどろんこに引っくり返って泣きだすことしかできなかった。するとぼくのかあちゃんは、台所のドアのところで見てたんだけど、ぼくのところまで歩いてきた。『さあ、きっとひっぱたかれる』とぼくは思った。でもそんなことしなかった。ぬかるみの上にかがんで、とってもゆっくりぼくの頭をなでた。まるでぼくの髪をとこうとするみたいに――ぼくの髪の毛はいつもくしゃくしゃなので、じいちゃんは、おまえはほうきを引っくり返したみたいだ、なんて言う。ぼくはとってもびっくりした。ぼくのかあちゃんを見つめた。すると、よく分からないけど、というのもまだとっても朝早くて、霧がいっぱい出てたからだけど、でも、まるで泣いてるみたいだった……。そのときから、中庭の真ん中で水のバケツといっしょに倒れるたびに、ほっとした気分になって、かあちゃんを待つ。ときどきあてがはずれて、頭にふれるのが手じゃなくて棒ということもあるんだけど。でもとにかく、そのときのことがもう頭から離れない。そして、ぬかるみでぼくのそばにかがんで、頭をなでてくれるところをいつも想像する。そのときにはかあちゃんの目は朝このあたりをおおう濃い霧の中で輝きに輝きはじめる……。それがこの地区でぼくの好きなもうひとつのもの。霧。とっても白い……。手をのばすと、ほとんど手が見えなくなる……。そして見えても、あんまり白いので自分の手とは思えない……。おじいちゃんにしたって、日に焼けてとっても黒いんだけど、朝、農場を歩いているのを見ると、霧の中ではちょっと大きく、ほんとに白く見える。だからぼくは毎朝、とっても早く起きてこの辺まで来て、農場のいちばん高いところまで上がって、そこにはマンゴーの茂みがあるんだけど、霧につつまれてとってもきれいな家を何時間もうっとり見つづける。お話に出てくる家みたいだから。そんな家はセレスティーノがビクビクしながら、いまはもういないかあちゃんの腕をとって初めて家に現れた日に持ってきたような本の中にしか出てこない……。そしてやがて太陽がそれほど大きくなくなってジリジリと照りつけはじめると、まわりのものがきれいに見えなくなる。この霧の中でいつも暮らせないなんてほんとに残念。それができれば、きっといろんなものがちがってくるし、ぼくのじいちゃんはいつもすごく色の白い老人になりそうだから。陽気な、しめっぽい老人に。同じように白い草の上を歩いていく。そして家は——太陽が出なけりゃ——セレスティーノの本の表紙の家みたいなおとぎ話の家になる。そしてもしかしたらぼくのかあちゃんさえ、ときどきぼくをたたくんじゃなくて、いつも頭をなでてくれるようになるかもしれない。というのも考えてみると、ほんとにそうしてくれた日は霧がたくさんかかってたから……。そう。いろんなものをひどく見せたり、ばかげたことで人を怒らせたりするのは、こんなにギラつく太陽のせいなんだ。だから、ぼくはもう冬になってほしくてたまらない。ここでは冬はとっても短くて、ほとんど気づかないんだけど。でも冬は来る。たとえ一日としたって。そしたらまた、水の入ったバケツが落ちて……。

もう真夜中。たぶん明日は霧の濃い日になる。

「ボダイジュの木を切らないで、そこに安全な場所をしつらえたんだから！」とぼくのばあちゃんはじいちゃんにむかって叫ぶ。じいちゃんはセレスティーノがあれこれ落書きした木をもうほとんど全部切り倒している。

「切るなだと！　あの悪ガキが変チクリンな言葉だらけにしやがったんだぞ！」

「ほっといて！　その木はほっといて！　その木は家に雷が落ちるのを防いでくれるんだから！」

「おまえに字が読めたら、切るなとは言わんぞ！」

「切らないで、って言ってるの！　斧を捨てて！」

「斧で頭を割られたくなきゃ、落ちつくこった！」

じいちゃんとばあちゃんはまたけんかを始めた。ふたりはその斧を奪いあい、どちらも負けを認めようとしない。いやな老いぼれたち！　斧がどっちかの腹に食い込めばいいんだ！　でも、ありっこない！　この老いぼれたちは砥石よりも固いんだから。「わしは百年、生きるぞ」とじいちゃんは毎晩言って、ぼくらみんなの希望を奪う。するとばあちゃんは「それならあたしゃ、あんたを埋めないといけないね」と答える。そしてママとぼくはがっかりする。そしてなにが悲しいかといえば、それがほんとのことだということ。ばあちゃんもじいちゃんも野生のロバ以上に元気で、頭に雷が落ちたって死にっこない。いやな老いぼれたち！　おぼれる者はワラをつかむそうだけど、ふたりは熱い釘だってつかむ。でも負けを認めない。

「わしゃ、二ヵ月以上、生のサツマイモを食いつづけた」

「あたしゃ二番目の娘を川で生んだ。増水した川がその子をつれてってしまったけど、あたしを飲み込めるような流れなんかありゃしないんだ」

「採掘坑に降りてったわしら十二人のうち、出てきたのはわしだけだ。ほかの連中はわしが出るのを助けてくれた。でも外に出たとたん、わしは駆けだした。分かるか、行方不明になってる人間を捜すのは危険だってことが！　たいていの場合、捜してる人間も行方不明になっちまうんだ。

でもわしはあれこれ考えて駆けだした。そして、ほれ、見てのとおり！」

一頭の馬が家の裏から走りでてきて、そのまま走りながら霧の中に消えた。その馬が白さに紛れるのを見て、ぼくはだんだんとっても楽しい気分になっていく。なぜかは言えないけど。

セレスティーノはいろんな木にたくさん落書きした！　ぼくに文字が読めたら、そうした木になにを書いたのか分かるのに。すごく大事なことにきまってる。すごく大事なことにきまってる。というのも、書いてるあいだ、耳もとでゴロゴロ鳴ってる雷さえ気にしないから。

「その子とどこへ行くんだい？」

「学校よ。あんたたちみたいな野蛮人なんかにならなくてすむ、あたしみたいに飢えに苦しまなくてもすむようになるんだから」

「ロバ《ばか》をつれて学校！　笛が吹けりゃいいけど！」

「ね、意地悪ばっかりでしょ。他人が豊かになるのがしゃくにさわるのよ。でも、おまえは勉強するの。聞いてるの！　勉強するの、そうでなきゃその頭をかち割って、言葉を突っ込んでやるからね」

この学校にはなんて大勢の子がいるんだろ。そしておかあちゃんをつれてるのはぼくだけだ。ほんと恥ずかしい！……


「見ろよ。あいつ、かあちゃんについてきてもらってるぞ」

「バナナを食うスズメフクロウみたい！」

「それにかあちゃんはトカゲの顔！」

「トカゲの子。トカゲの子！」

「ここで先生に任せるからね。分かってるわね、先生の言うとおりにするのよ」


「押さえつけたら、なぐってやれ！　さあ、なぐってやれ！」

「スズメフクロウをやっつけろ！……」

「スズメフクロウをやっつけろ！……」

「女みたいに泣きやがる！」

「トカゲの子が女みたいに泣いてるぞ！」

「セレスティーノと似たようなもんだ。外側はズボン、でも内側はスカート！」

「セレスティーノのいとこだ！」

「いとこ！　いとこ！」

「さあ、なぐってやれ！」

「口を開けろ！」

「喉にこの馬糞を突っ込んでやれ！」

「気狂いセレスティーノのいとこ！　木の幹に詩を書いてるセレスティーノのいとこ！……」

「ふたりはおかま！」

「おかま！　おかま！」

「馬糞を食わせろ！」

「みんな、ズボンのボタンを閉めとけ！……」


「また学校の男の子たちになぐられたの！　いくじなし！　あんたには身を守る腕がついてないの？　こんなに大きいのに、こんなにばかだなんて！　今度、こぶだらけで、服を汚して帰ってきたら、このあたしがとどめを刺してあげる、そうすりゃもうばかじゃなくなるから！」

「あそこを見ろ、またセレスティーノのいとこだ。蹴飛ばしてやろうぜ……」

「でも、いったいどうしたの？　どこのぬかるみで転んだの！　それにこのうんこの臭い！　いったいだれがあんたの頭にうんこをしたの？　山刀でたたかれて白状するってことにならないうフン、ありとあらゆるしかめっ面をしようじゃないか。

——アルチュール・ランボー

ちに、答えなさい！　あんたにそんなことをしたの、だれ？……なんてあたしはついてないんだろ！　いつもあたしは言ってたのよ、こんないやなところで生まれる前に死んじゃうべきだったって！　くそっ！　ほんと、疲れた！　いつかロープをつかんで自分の首に巻くわ！　洗面台に行って、頭を洗いなさい！」

家は牧場の真ん中でむきだしになった。木と言えば、ばあちゃんが切らせないボダイジュだけ。木が一本もない家なんてほんと格好悪い！　壁が地面をはいそうなくらい家は傾いてる。ハリケーンの季節になったらこの家は最初に軽く吹く風にも耐えられそうにない。そうなったら家は頭の上に崩れてきて、ぼくらは木の下にもぐり込もうとずぶ濡れになって駆けだすんだけど、もうそんな木もないんだ。ハリケーンが来て家が倒れたら、どこにもぐり込んだらいいんだろう？

セレスティーノはピンギンの茂みの陰で泣いてる。そのピンギンの葉に詩を書こうと思いついたら、じいちゃんはきっと茂みに火をつける。

その茂みがいたるところで燃えてる。そしてヒメコンドルのヒナが羽根に火をつけて飛びだし、家の屋根に飛び込む。屋根には火がつき、いまや家全体が同じように燃えあがってる。ヒメコンドルのヒナは居間の真ん中にまるこげになって落ちる……。

「天にまします我らが父よ……」

ばあちゃんは膝をついて、ヒナを持ちあげる。

「水！　水を持ってきて火を消すのよ！」

ぼくのかあちゃんは荷物運びの家畜となる。井戸から家へ、家から井戸へと水がいっぱい入ったバケツをかつぎ、息をきらして必死に走る。


ばあちゃんは中庭でひざまずき、両手をめいっぱいのばしてできるだけ高くヒメコンドルのヒナを持ちあげる。それから踊ったり跳んだりしはじめ、ボダイジュの木に向かって素早く駆けだす。そこで大きく一回ピョンと跳ぶと、突然、ひどく変チクリンな鳥に変わって、まるで女の人みたいな鳴き声をあげる。その鳥がボダイジュの木のとっても高いところにある小枝にとまり、ぼくは石の雨を降らせる。でもうまくねらいをつけられないので脅すことにしかならない。そしてその鳥は飛んで空中に消え、ヒメコンドルたちに混じってしまう。

「火は消えた。でもセレスティーノはまだピンギンの茂みの陰で泣いてる。かわいそうなセレスティーノ！　ぼくはセレスティーノをとってもかわいそうに思うし、セレスティーノもぼくをとってもかわいそうに思ってる」

ぼくをかわいそうに思ってるとセレスティーノは一度も口にしたことないけど、ぼくには分かる。彼がそう思ってることが分かったのは、じいちゃんがぼくの首をつかんで立たせ、こう言った日からだ。「この売女《プータ》のセガレ、草むらの子《テテナシ》。ここじゃわしが食わせるから、おまえは飯が食えるんだ。だから、子牛を捜しに行ってこい。この家からお袋ともども蹴りだされたくなかったら」

テテナシ子！

テテナシ子！

テテナシ子！

テテナシ子！

テテナシ子！　テテナシ子！　テテナシ子！　テテナシ子！　テテナシ子！

テテナシ子！

テテナシ子！

テテナシ子！

「いまいましい子牛ども。今日は一頭も現れない」

テテナシ子！

テテナシ子！

テテナシ子！

テテナシ子！

「ろくでなしども！　歩け！　石をぶつけられて脚を折られたくなきゃ……」


テテナシ子！

テテナシ子！

テテナシ子！


「ろくでなしども！　歩け！……」。売女《プータ》のことはどうでもいい、知ってるから。でも〈テテナシ〉っていうのは。〈テテナシ〉ってどういう意味なんだろう？

「ママ。テテナシ子ってどういう意味？」

「口から指を出しなさい、とんま！」

「ママ。どういう……？」

「口から指を出しなさいったら。くそっ！」


今晩ぼくはとっても悲しい気分、でもだれに話したらいいのか分からない。あ、そうだ、セレスティーノに話そう……。でもだめだ、かわいそうにセレスティーノはもう自分の問題を抱えてるから。

とっても、とっても悲しい。牧場でころんで膝を切った。ほんとうに膝が切れ、血がいっぱい流れた。子牛たちはぼくのもとから走って逃げ、一頭が川のずっと下のほうに姿を消した。じいちゃんに消えた子牛のことを言うと、なにも答えなかった。そして林のほうに向かった。山刀をさやから抜き、フジバカマの細く長い枝を切った。ゆっくり、その枝の脇芽をとった。きれいになめした。そして空中でヒュンと鳴らすと、「こっちに来い」と言った。

ぼくは行った。

「止まれ、動くな」

ぼくはじいちゃんのそばで止まり、じっとした。すると鞭打ちはじめた。まず背中を。そして首を。そのあとは頭を。最後に顔と両手を四回。

ぼくはなにも言わなかったし泣きもしなかった。それでじいちゃんはかっとなって、鼻先をおまけに四回たたいた。ぼくは『目にあたらなきゃ、たいしたことない』と思った。目はたたかなかった。

じいちゃんは疲れたみたいだった。折れた鞭を地面に放りだし、行方不明になった子牛を捜しに出かけた。じいちゃんが遠ざかるのを見て、最初ほっとしたけど、そのあととっても腹が立った。とっても。とっても腹が立ったので、杭を引っこ抜いて、背中に突き刺してやろうと思った。そうしたい気分になった。でもそうはしなかった。じいちゃんはたちが悪くて、ぼくが杭をつかんだらどうする気なのか、見抜いてしまうだろうし、そうなったら、胸の真ん中に杭が突き刺さるのはぼくってことになる。「いまに見てろ」とぼくは言った。そして腹立たしさのあまり泣きだした。そして泣いてるあいだ、「テテナシ子」というのがどういう意味なのかまだ知らないのを思いだした。

ピンギンの茂みは燃えるのを止めた。まだあちこちでくすぶっていたけど、その灰の上をセレスティーノがやってくる。胸に杭が刺さったまま。

「いったいなにされたの?」

胸からその杭を引き抜こうとしながらそうセレスティーノに聞いた。

「ほっときなよ」とセレスティーノは頰笑みながら言った。「ほっときなよ。そのうち勝手に抜けてくるから」

そしてセレスティーノは、焼け焦げ、火のついた燃えさしだらけの地面を歩きつづけた。燃えさしはパチパチと音を立て、まるで花火みたいにはじけてた。そう。まるで花火で、もう新年のお祝いのときみたいだった。ぼくは、話せば杭を抜かせてくれるかもしれないと思い、セレスティーノと並んで歩きつづけようとした。でも、とんでもない！　ぼくの足は鉄じゃないので、まるで真っ赤な炭火とおんなじところなんか歩けない。そしてあきらめた。するとぼくひとりになり、ひどく悲しくなって、胃がまたガタゴト動いた。一匹のトカゲが、焦げながら、「テテナシ子」とぼくに言った。とってもばかにするような口調でそう言った。ぼくは蹴っとばそうとしたけど、さわる前に足がほとんど焦げてしまった。そして川までのびてる道を歩いているあいだびっこを引きつづけた。足がとっても熱い！　できたら切っちゃいたい。でもそんなことしない。もう川はすぐそこだから。ちょっと前に泣いてなかったら、泣きだしてたかもしれない。セレスティーノが初めてぼくに話しかけたことをふと思いだす。そうだ。胸から杭を抜いてやろうとしたときぼくに話したんだ！　ぼくに話したんだ！　ぼくに話したんだ！

そしてもう大声を上げる気がしなくなっていた。

そして夜が明けかかってる。また夜明け。雲の向こうからほとんど真っ白な輝きが現れはじめて、切り株を見分けさせてくれる。だからつまずかなくてすむ。駆けだすと、ヒョウが頭上に降りそそいで額と目を冷やしてくれるような気分になる。

「その水のバケツ持って急いで！」

「いま行くよ！　いま行くよ！　石でも割りそうなこんな陽射しだし、ぼくはラバみたいに水をかついでるんだから」

「歩きなさい！　聞いてないの！」

「待ってよ、休まないといけないんだ！」

「あんたはどうしようもない怠け者ね！　こんな子を持つくらいなら、あたし、稲妻に引き裂いてもらいたかった！」

「いま行くって、言ったよ」。まるで水がたっぷり入ったこのバケツが重たくないみたいに。それに、川に行くのはもうこれで五回目なんだ！　そう。川へ。乾期には井戸には一滴の水もないから。そしていま、川から家まで水をかついで運ばなくちゃならないのはぼくなんだ。

「急いで！　ニオイニガクサがしおれてきてるから」

「いま行くよ！　休んでるのが分かんないの？」

「母さんに口答えするんじゃない！　甘えん坊！」

そしてぼくはほんとにうんざりしている。ぼくはじいちゃんが足を洗えるよう水をかつがなくちゃいけない。ばあちゃんがまげを水洗いできるよう――ばあちゃんは月に一度しか頭を洗わないから助かるけど。でも、とにかく水はぼくがかついで運ばなくちゃならない。そしてぼくのかあちゃんが風呂に入ったり、植物にまいたりする水も運ばなくちゃいけない。というのもかあちゃんは家の前にある植物全部に水をまく癖があるから。ケアリタソウの茂みなんかにも水をやるせいで、ぼくはへとへとにならなくちゃならないんだ！　これで五回行き来することになるけど、まだ樽や大きなかめをいっぱいにしなくちゃいけない。そして最悪なのはそのかめはどれも水が漏って、絶対にいっぱいにできないってこと……。

「水を持ってくる気がないってことね！……」

その大きなかめには蛙が一匹いる……。

「さあ！」

大きなかめにはいつも蛙が一匹いるけど、よく分かってるんだ、毎日そこにいるのは同じ蛙だって。棒で蛙を突くと、蛙に目に乳をかけられて見えなくなるっていう話だ。でもそれは嘘。なぜって、ぼくはこの手でそいつを小突きまわしたことがあったけど、まだとってもよく見えるから。

「棒でひっぱたかれたくなかったら、水のバケツを持って歩きなさい」

「いま行くよ！　いま行くよ！」。このバケツ、ほんと重たいな。棒の片側にバケツをふたつかけて持ちあげられるかどうか、やってみよう……。ガシャン！　水の入ったバケツがふたつあっちに転がってく。さあ、ぼくのかあちゃんが、まるで蛙みたいに、ぼくの目玉をくり抜くぞ。

「もう水をまいちゃって！　覚悟なさい、おまえの脇腹からしぼりとった汁でバケツをいっぱいにするから！　覚悟するのよ、このろくでなし！」

その蛙から逃げて、ボダイジュの木のいちばん高いところによじ登った。でも蛙はぼくのあとからやってきて叫ぶ。「待て！　おまえをつかまえて脇腹から水を抜いてやるんだから」。でもぼくはもうずいぶん高いところにいて、そいつがこんな上まで登ってこれるとは思わない。とにかくぼくはてっぺんまで登りつづける。もうその木のいちばん高く細いところにいる。蛙はゆっくりと、でも着実に、ボダイジュの幹を登りだしていた。

「待て！　おまえをつかまえて目を見えなくしてやるんだから！……」

この小枝はぼくを支えきれそうにないけど、地面に落ちたらグシャグシャになってしまうし、木を降りたら、その蛙に目玉をくり抜かれる。

「待て！　おまえをつかまえて、お母さんを敬うことを教えてやるから。甘えん坊！」

蛙はふくれはじめ、もう巨大になってる。いまぼくはどうしたらいいのか分からない。蛙はピョンと一跳びしてぼくの首をつかむ。

「目玉をくり抜いてやる！」

でっかい口を開け、熱い乳を少しぼくにかける。その乳がぼくの顔を焦がしはじめ、目を見えなくする。ぼくはそのべとつく足をふりほどこうとする。そして、ぼくらはからみあったまま、地面に落ちはじめる。

セレスティーノがどこで夜を過ごしたか知りたい。そして眠ったのなら、どこで眠ったのか。そして胸の杭が抜けたのかどうか。木の幹に詩を書きつづけようなんて気になってないといいけど。ぼくらは砂漠の真ん中で生きつづけることになるんだから。

切り株から切り株へと跳んで家に着いた。最初に目にするのは霧につつまれた白い屋根、そしてそこによじ登って、ぼくに向かってなんやかや叫んでるいとこたち。いとこたちとぼくだけにしか分からないような無言の歌を歌ってる。ぼくは雨樋まで一跳びして、屋根によじ登る。いとこたちの合唱隊《コロス》は飛び跳ねつづけながらぼくに近づくと、みんないっしょにぼくに言う。

「どうしてこんなに待たせたんだ？　太陽が出たらすぐぼくらは消えるって、よく分かってるだろ。ほんと思いやりがないんだな！　この霧だけがぼくらを人から守ってくれるんだぞ！　もうおまえのじいちゃんを殺したくないのか？」

「したい、殺したい！　したい、殺したい！」

「それじゃ、少なくとも、自分のした約束の時間は守るんだな」

「セレスティーノが山で迷子になって、ぼくは一晩中、捜してたんだ……」

「嘘つけ！　セレスティーノはココヤシ園で眠ってる。おまえはセレスティーノを捜してなかったし、アヒルを追っかけてもいなかった。一晩中切り株から切り株へと飛び跳ね、主人を失くした犬みたいにほえてたんだ……」

「とにかくずっとセレスティーノのことを考えてたよ」

「いまこそおまえがセレスティーノを救うチャンスだ」

「教えてよ。いつぼくはじいちゃんを殺せるの？」

「おまえが殺したんじゃないとみんなに考えてもらえるとき」

「それはいつ？」

「家に人が大勢いるとき」

「クリスマスのパーティのときだけ？」

「それじゃあ、その日、ぼくは酔っぱらうこともできないの？」

「その日はだめだ。でもほかの日ならいつでも酔っぱらえる」

「じゃあ、ぼくのかあちゃんは？」

「神よ、彼女の御霊を天に導きたまえ」

「で、ぼくのばあちゃんは？」

「いまはおまえの想像力をそっとしといたほうがいい。というのも、夢を見るのをやめてもっと寝たらすぐ、おまえは連中に腹が立たなくなるはずだから。考えるな、それかあまり考えないようにしろ。まだ生きてるのはセレスティーノただひとりだから、おれたちは守ってやらなくちゃこの手紙を受けとったとき、おまえが元気であることを願ってます。あたしは元気です。中国ハムの缶詰を送ります。必ず食べて。品質のいい……

――ぼくのかあちゃん

いけない。おまえは選ばれた人間だ。セレスティーノを救え。でもあのいやな太陽に溶かされないうちにおれたちは行ったほうがいいみたいだ。ほんと残念だよ、おれたちにとって夜がこんなに短いのは！　もう分かったな、あまり考えるな、もっと夢を見ろ、そして眠れ、そして眠れ、そして眠れ、そして眠れ、そして眠れ、そして眠れ、そして眠……」

「寝なさい！」とぼくのかあちゃんは言うと、底がたるんだロッキングチェアーを揺すりだした。かわいそうなママ！　ぼくが安心して眠れるよう、いつも揺すってくれる。でも、ロッキングチェアーを四回揺すればぼくが寝つくなんて思わないで！　そんなんじゃ全然だめ！〈酢の小ビン〉を歌って、少なくとも二つ三つお話をしてくれなくちゃ。でもいつもの話はだめだし、一度聞いたことのあるのもだめ。だめ。いつもちがうお話じゃないといけない。いつもばあちゃんがぼくにしてくれるのとはちがうお話。

アセリン、アセラン
サンフアンの木
フアンの家族はパンをほしがり
エンリケの家族はねじりんぼう……

「だめ、それはだめ、もう知ってる！」

「酢の小ビン、魔法のひとつまみ……」

「それもだめ！　それはもう何度もしてくれたよ」

「むかしむかし、小亀の中に蟻が三匹、住んでいました……」

「それもだめ！　それもだめ！」

「四発なぐって眠らせな！　こんなに大きいのに、なんて恥知らず！　お話もくそもないよ、四発ぶんなぐっておやり！」


「カルメリーナがまた亭主に棄てられ、焼身自殺した。ああ、かわいそうな姉さん！　安らかに眠らんことを。男はみんな彼女をくいものにした。あたしたちが縁日に出かけたとき、彼女を暗がりに追いつめて、そして……」

「カルメリーナ！　カルメリーナ！　あたしの娘のカルメリーナ！　かわいそうに！　神様、あの子をお赦しください！　それで子供はどうなるんだい！」

ああ、かわいそうな子！

ああ、かわいそうな子！

ああ、かわいそうな子！

「いいかい、ここに連れてきて、あたしたちが育てるしかないね」

「あんまりよ！　なにを食べさせたらいいの！　こんな日照りで。ああ！　なにを食べさせるなにを食べさせるなにを食べさせる……」

「くそでもやるさ！」

「そんな言いかたしないで。とにかくあなたの孫なんだから。あなたの娘の子供……」

「娘もくそもないよ。かわいそうにあの子は――あの子に神の恵みがあらんことを――ほんと男にだらしなかった。ああ、ほんと男にだらしなかった。ああ、ほんと男にだらしなかった。ああ、ほんと男にだらしなかった。ああ、ほんと男にだらしなかった！」

「黙って！」

「それにその子の名前さえ知らないんだよ。かわいそうな子！……」

「セレスティーノ！　セレスティーノって言うの。少なくともカルメリーナが首をつったと知らせてくれた人があたしに言ったのはそれ。なぜ首つりかって言うと、からだに火をつけただけじゃないから。首にロープを巻きつけてから、アルコールのビンをつかんで体中に振りかけたのよ。かわいそうに！　どうしたら首をつるのと同時に、からだに火をつけられるのか、あたしには分からない……。ほんと、おかしい。彼女が首をつったあと、だれかが火をつけて意地悪したんじゃないかしら？……」

「セレスティーノ！　そのみじめな子になんてひどい名をつけたんだろ！」

「ああ、カルメリーナ！　ああ、かわいそうなカルメリーナ！　あたしも、いつだったか首をつろうと思ったことがある。でも、いつも首つりは先送りしつづけた。それでいまこんな！　ほんとなんて意志薄弱だったんだろう。なんて意思薄弱！……」

「神様がおまえをお赦しになられますように……」

「神様なんてくそっくらえ！」

「ああ神様。わたしには娘ではなく雌馬がいるんです」

「子は親に似る……」

「あつかましい」

「雌ロバ！」

「雌ロバはあんたさ、嘘つきで気狂いの！」

「父さん！　父さん！　また母さんがあたしのことを気狂いと言った。ああ、あたしのことを気狂いと言った……」

「泣くな、ばか。わしが婆さんと話をつけてやるから」

「その話をして。ママ！　先を続けてよ！　それにばあちゃんも。続けて、続けて、いっしょに！　その話、ぼく好き！　わあ、とうとう〈酢の小ビン〉とはちがうのを話してくれたんだ！続けて！　続けて！……」

「またベッドでおねしょして。自分をなんだと思ってるの！　もうおねしょなんかする年じゃないでしょ！　おじいちゃんに知られないようにするのよ、鞭でたたかれるから！」

「夜、便所に行くのに中庭に出るのが怖いんだ」

「怖いって、なにが？」

「死んだ人たち。この辺は死んだ人がごろごろしてるって話だよ」

「なんて臆病なの！……マットを日に干すから手伝って」

ある晩、うんこをしたくなって外に出たら、白い塊が台所の陰に駆けていくのが見えた。あんまりびっくりしたものだから便所に行く気がなくなった。その話をばあちゃんにすると、それは老《ビエハ》ローサの霊で、鎖を引きずって歩いてるのは、お墓の草むしりをしてもらえなかったから、それに、死んで九日目の供養をしてもらえなかったからだって言う。

「おばあちゃんはいかれてるの。毎晩便所に出かけるのはおばあちゃんなんだから。一日中ろくでもないものを食べてるから、横になったとたんきまってお腹がグルグル言いはじめるの——まるであたしに聞かれてないとでも思ってるみたいに！　マットのそっちの角、つかんで！……ひどい臭い！　こんどおねしょしたら、おじいちゃんに言って鞭で四回たたいてもらうからね。この部屋をきちんと片づけなくちゃいけないのよ。きょう、カルメリーナの子が来て、あんたといっしょに寝るんだから」

「カルメリーナの子が来たわ」

「首つったおっ母さんそっくり」

「母親のことはあの子には言わないで……」

「父親のことも」

「そっとしといてやって」

「薄いコーヒーを少しおやり。それと、お昼にゆでたサツマイモが残ってるかどうか見にいって」

「ろくでもないものをむりやり詰め込まないで。そんなことしたら一晩中便所通いすることになるわ、母さんみたいに」

「恥知らず！」

「薄のろ！」

「ばか！」

「まぬけ！」

「ばか！」

「まーぬけ！」

「神様に死なせてもらい！」

「神様は獣のことなんか気にしないわ！」

「ろくでなし！」

「便所通い！」


「ここがぼくらの部屋」

「しょんべん臭い」

「ここは夜、幽霊が出るんだ」

「ぼくの家じゃ、毎晩色のちがう亡霊が七つ出るんだ……そうさ！」

「ばあちゃん、きのうセレスティーノが言ったんだけど、セレスティーノの家には毎晩いろんな色の亡霊が七つ出るんだって……」

「なんてこと！　でっかい重荷をあの子はしょいこんでるんだ！」

「あ、それに、ばあちゃんはしょんべん臭いって言ってたよ」

「なんてこと！」

「あのセレスティーノってのは世界一の怠け者だね。あたしがしろと言ったことはなにひとつしない。そして『おじいちゃんを敬いな、おまえを食べさせてくれてんだから』って言うと、地面を引っかきだして、口笛を吹きはじめる、まるでおれの知ったことじゃないっていうみたいに。あたしたちゃ、まったくいいお荷物をしょいこまされたもんだよ！」

「寝る前にすきまをふさいだほうがいいよ。そこから死んだ人が入り込んでくるから」

「だめ。そのままにしといて。風が入るようにすきまは開けといたほうがいいって、ぼくのかあちゃんが言ってたから」

「おばあちゃん、すきまは開けとけってセレスティーノが言ってた、毎晩、風が吹きはじめるとおかあちゃんが来るからって」

「なんてこと！　どうやってあの子と縁を切るか、あたしたちゃ、考えなきゃ！」

「で、きみのかあちゃん、どうして首をつったの？」

「知らない。でもその日の午後、焼きはじめた二本のサツマイモがこげてしまったんだ。それをとっても気にして、その日はそれっきり話をしなかった。どうしたのってぼくが聞くと、もういいかげんにして、と言って、そしてその日、夜になるとすぐ、もうカプリナの木からぶらさがってたんだ……」

「頭もおおって、怖いから」

「ぼくは汗だく……」

「ぼくのかあちゃんが首をつったら、ぼくらふたり、同じ話ができるかも……」

「すっごく寒いな！」

「ぼくは暑くてたまんない！」

「ぼくらも首をつらないか？……」

「あしたしよう」

「いや。いますぐのほうがいい」

「ううん。あしたのほうがいいって言ったよ」

「顔が水びたしだ」

「泣いてるもの」


「この子はまったくなんの役にも立たないね。種まきの途中でトウモロコシの袋を放りだし、畑の真ん中で泣きだすんだからね！　ほんとのろま！」

「どうやったらこのかすと縁が切れるんだ！」

「母親も――神様、あの子をお赦しください――役立たずだった」

「あのろくでなしが！　あんなことするわ、息子をこの世でうろちょろさせておくわ。わしにはそいつのいいとこが全然見えん！　あいつを掘り起こして、『くそったれ、子供がいるのに、どうして自殺しようとするんだ、くそったれ』って言ってやればいいんだ」

「ほんと、あたしたちには首をつる権利さえないんだから」

「首をつるならつるで、こいつもいっしょに連れてってくれりゃよかったんだ」

「静かに、聞いてるわ」

「もうまた、メソメソしはじめた」

「もういや！」


「お祈りできない？」

「ああ」

「ぼくも……。ばあちゃんはいつもお祈りしはじめると眠っちゃうんだ。でもどうしたら寝れる？　眠くもないし、お祈りもできないのに」

「小亀を数えよう」

「トティを数えるほうがいいな、動きがもっと速いもの」

「便所に行きたいけど、怖いな」

「ぼくは怖くない」

「ふたりで行こう」

「行こう」

いまはトウモロコシ畑の草抜きの時期。セレスティーノとぼくは兄弟になった。そして――いつか聞いたお話に出てきたみたいに――ぼくらは指を切り、血を少し交換した。ほんとのところは、ぼくはほんのちょっぴり刺しただけなので血は一滴も出なかったけど。セレスティーノは日ごと話をしなくなり、じいちゃんやばあちゃんにはボソリとも言わない。じいちゃんやばあちゃんは、あいつは猫みたいだ、飯をもらうときには感謝しなくてもいいように目をつむる、と言う。でもぼくはそうは思わない。

セレスティーノとぼくはできるだけ働かないようにしてるけど、じいちゃんはぼくらがダラダラしてるのに気づくと、ぼくらのいるところまでやってきて、枝を鞭にしてたたく。じいちゃんはいつもセレスティーノをぼくより強くたたくし、きのうは鞭でたたくかわりに、鍬の柄でなぐった。かわいそうにセレスティーノは目をうるませた！　でも泣かなかった。

今年の収穫はとっても少なくなると思う。虫の大群がトウモロコシ畑全体に入り込んでるし、もう雑草がいっぱいで畑を窒息させてるから。

ばあちゃんとママとアドルフィーナおばさんも草抜きをしはじめている。そんなことしたくないんだけどじいちゃんがむりやりさせた。三人はトウモロコシのできがよくても悪くてもおんなじだ、つながれた豚より腹をすかせることには慣れてる、とぶつくさ言ってる。でもまだおじいちゃんをちょっぴり立ててる。怒ると、だれにも手がつけられなくなるから。きのうだって、そう。みんなでミルクコーヒーを飲もうとしたとき、じいちゃんは唇をやけどしてしまった。ばあちゃんが（わざとしたのだとぼくは思うけど）グツグツ煮えたぎってるのを出したからだ。するとじいちゃんは沸き立っているミルクコーヒーの入った水差しをつかんで、ばあちゃんに飲ませた。そのまま熱いのを、それも一気に。かわいそうなおばあちゃん！　いま草とりをしてるのが見える。きっとお腹ん中が焼けただれてる。

石をひび割れさせ、いらいらさせるような太陽が上ってる。そしてまだじいちゃんは家に帰る許可をくれない。おかあちゃんは赤黒くなってる。陽射しにほとんど耐えられず、頭に血が上ってるから。おかあちゃんが馬みたいに働いてるのを見るのはとってもつらい。ときどき手伝ってやりたくなる。

「ママ、ちょっとのあいだ、鍬で手伝わせて」

「ほっといて！　鍬で頭をかち割られたくなきゃ！」

ママはたちが悪い、と去年のクリスマスのパーティでだれか言ってたけど、ぼくはそうは思わない。ほんとのところは（そしてこれも去年のクリスマスのパーティでだれかが言うのを聞いたんだけど）世の中にうんざりしてるんだ。そう、そんなことをだれかが去年のクリスマスイヴの日に言ってるのを聞いた。その日ママはひどく酔っぱらったせいで飛び跳ねたり大声をあげたりしだした。すると生真面目なおばさんたちが、これは霊のせいだ、と言ってエニシダの葉の束をつかみ、それで背中をたたきはじめた。でもママはすっかり酔ってたので、ほっといて、霊なんかにつかれちゃいないし、そんなくだらないこと信じてもないわ、と言った。そして、死にたいだけ、とも。『あたしの望みは死ぬこと』と言い、床で転がりまわった。そしてぼくはほかの人たちが隅でなんやかや話し、『かわいそうに、旦那がいたのはたった一晩だけ。ほんと悲しいことよね』と言ってるのを聞いた。

『きっと世の中にうんざりしてるのね。野蛮人みたいな両親と暮らしてるし』

『死んでるほうがましね』

『そんなことは言わないの』

『それもかなりばかな子と。だってあの子はばかなんだから』

「ママ、みんなぼくのことばかだって言うよ」

「人の言うことなんか気にしないの。さあ、もう一度水をくみにいって、大がめをいっぱいにするのよ」

そのときからぼくはママをとっても気の毒に思うようになった。ほんとはいい人なんだと思う。

そしてぼくの誕生日にはいつも思いだしてキスだってしてくれる。だからぼくは絶対ママに腹を立てたりしない。というのもあのけんかっぱやい女はぼくのかあちゃんじゃないことを知ってるから。ぼくのかあちゃんは別の人なんだ。そのけんかっぱやい女の皮のなかにいつも隠れてて、ぼくに頬笑んでくれ、『おいで、スバルのお話をしてあげる』としか言わないんだ。

「おいで、スバルのお話をしてあげる……」

きょう昼食を食べないといけないってことをじいちゃんは忘れたんだ。太陽は空の真ん中を過ぎて降りはじめてるのに、おじいちゃんはまだ地面から頭を上げさえしていないんだから……。いちばん怒ってるのはばあちゃんだと思う。ばあちゃんはほんと年とってるし、ほんとやせてる！　猫をじゃらす細い棒みたいだ。こんな太陽の下にもう一時間もいたら、かわいそうにばあちゃんはひと月ベッドから起きれなくなるんじゃないかな。

「ばあちゃん、ちょっとのあいだ手伝おうか」

「あんたは自分のことをしてな、あたしのことはほっといておくれ！」

あの女のことが分かるのはだれひとりいない。舌を外に出してて、ぼくが手伝おうか、と言うわたしたちは見たこと聞いたことを語りつづけずにはいられないからだ。

――『使徒行伝』第四章二〇

と、ほっといてくれ、って言う……。じゃあ、ぼくはじいちゃんにまたたたかれないうちに仕事を続けたほうがいいな。もう四発くらってるし！……

ばあちゃんがどうしてぼくに手伝ってもらいたくないのか、そのわけが分かった。手入れなんか全然しないで、トウモロコシの株を引っこ抜いてるんだ。そう、ぼくはもうそのインチキに気づいた。ばあちゃんはトウモロコシをつかんで引き抜き、根元のところでバラバラにし、そのあとまた植えてるふりをする。トウモロコシはまっすぐ立ち、うまく植わってるとだれだって言いそう。でも根元がバラバラなので、二、三日陽が照りつけたら枯れてしまう……。そのあとばあちゃんはまわりの草をつかんで引っこ抜き、つぎのに移る。すごい働き者に見える！……あきれたじいちゃん！　頭上の鳥に気づかないんだ。

セレスティーノは石につまずいてトウモロコシを数本、だめにしてしまった。じいちゃんが気づき、倒れているところまで駆けてきて、鍬でたたく。やがてセレスティーノをひとり残し、自分が草とりをしてるうねにもどる。ぼくは内心とっても腹立たしくなるけど、あえてなにも言わない。ぼくもじいちゃんに鍬でたたかれかねないから。それにそれでたたかれるとひどく痛い。ぼくにはひどく痛いのが分かってるけど、セレスティーノは文句を言わなかったし、もう立ちあがって、頭を上げもしないで地面を見つづけてる。そうしてるまに太陽はどんどん大きくなって、ついにぼくらを溶かす。ぼくのかあちゃんはとっても大きなトウモロコシになっていて、ぼくらはみんな、その実を食べはじめる。ぼくが実をもぎとるたびにぼくのかあちゃんはすすり泣き、とっても小さな声で叫び声を上げる。生のトウモロコシのうまいこと！　大好きだ。ぼくはかあちゃんから何本か実をもぎとり、かまどで焼くために持ち帰る。じいちゃんはセレスティーノを植えつけおわり、もう帰れるぞ、とぼくに言う。

「きょうはよく働いたね！」とぼくは頬笑み、トウモロコシを食べながら、じいちゃんに言う。「たっぷりな！　たっぷり！　さて、とうとうセレスティーノを埋めおわった。どんな実をつけるか楽しみだ。一雨来てほしいもんだ！」

歌い、ピョンピョン跳び、走りながら、じいちゃんとぼくは畑を離れる。ぼくらは握手をし、トティに石をぶつける。飛び跳ね、心底笑ってると、太陽がギラつき、お昼のきらめきの下でトウモロコシがキラキラ、キラキラ光る。そうしてぼくらが進むと、やがて激しい大粒の雨が落ちはじめるので、ぼくらは畑をがむしゃらに走って家に着く。そこではばあちゃんがかまどに首をくくりつけて、ぼくらの昼食をもう作ってくれてる。

セレスティーノとぼくはトウモロコシ畑から逃げだし、川まで泳ぎに来た。川はほとんど完全に干上がってる。ひとり泳ぐのがやっとの場所はどす黒い水たまりで、そこで牛という牛が水を飲むことになる。ここの水は腐ってると言う話だ。でもそれがほんとなら、牛はみんな死んでる彼女がどこから来たか訊かないように。彼女の話はとるにたりないものだ。
貧困ゆえに、両親は一袋の白い米と引き換えに彼女を売ったのだ。

――『魔法の鏡』

はず。

まずぼくがその水たまりに飛び込む。

水はひどく濁ってしまい、澄んで底がまた見えるようになるにはしばらくじっとしていないといけない。セレスティーノはまだ服を脱いでる。水が落ちつくと、ぼくはそうっと川の底にもぐり込み、泳ぎながら目を開ける。目を開けると川底にはほんといろんなものが見える！　ここにいつまでもいられたら。川底で、そうっと泳ぎながら、あてもなく、目を開けたまま……。石は白い。あんまり白いのでだれだって石じゃないって言いそう。そして魚だってちがってるみたいで、いっそう輝いて見える。底は確かにちょっぴり暗い。砂がほとんどないし、葉っぱがわずかばかりの砂にかぶさってるから。でもぼくはできるだけゆっくり泳ぐようにし、底を引っかいて水が濁らないようにしようとする。息が続くかぎりこの底にいよう、頭を出さずに、ちょうど小亀たちがするみたいに……。とても小さなビアハカの群れがぼくの足をかすめていく。それからびっくりしたのか、あわてて泳いでいく。そのあとグアヤコンたちが列になって進む。グアヤコンはほんとに好奇心が強く、ぼくの耳たぶさえかぎまわる。きっとお腹をすかせてるんだ。ぼくがまばたきするとすぐ姿を消すけど、まもなくもどってきて、ぼくを困らせる。ぼくは脅かしたくない。そんなことしたら水がまた汚れてどす黒くなるから。あんまり黒くなると川にいるのか、それともぬかるみにいるのか分からなくなる。ちょうどぼくの家の流しのそばにできるぬかるみみたい。セレスティーノとぼくは川に来させてもらえなかったときにはよくそこで泳いだ。そのぬかるみで泳いだら、どんなものでもその水に殺されるよ、とばあちゃんはぼくらに言ったけど、何度もぐっても全然なんともなかった。そしてあるときぼくらは小川からザリガニを運んできて、そのぬかるみで育てるつもりで、放り込んだ。ぼくは毎日ザリガニに食べ物をやった。でも次の週にはもう死んでた。ぼくにはよく分からないけど、ばあちゃんが殺したんだとときどき思う。いつだってぼくらのすることに反対するから。そして意地悪できそうなときはきまって意地悪する。そのときだって、ザリガニが死んでたぬかるみはひどく臭くって、一週間ぼくらは泳ぐとこがなかった。やがてある日ぼくらは逃げだし川に行った。そしてそれから、来れるときはいつも川に来る……。でっかいザリガニが、おばあちゃんを爪にはさんで、ぼくの下を横切っていったところ。そのザリガニの色のきれいなこと！　ぼくのばあちゃんはもがかない。そのザリガニは少しずつおばあちゃんを飲み込みはじめるけど、そのときほかのザリガニたちがやってきておばあちゃんを奪う。そしてみんな戦いはじめる。そして最後におばあちゃんをガツガツ食べる。そのザリガニの一群は、まるで初めてぼくに気づいたかのように見つめて、「あいつを、あいつを、あいつも仲間だ」と言う。ぼくは食われないうちに浮かびあがろうとする。でももうつかまる。もうぼくを引きよせ、もう生きたまま食べはじめる……。セレスティーノは水たまりに飛び込んでいた。水は黒くなり、ぼくらはふたり岸に向かって泳ぎだす。

「ひどく濁ってる！」

「きれいになるまで待ったほうがいい」

「それまでぼくは寝るよ」

「ぼくも」


ぼくらは川に着いた。途中、ぼくはタイランチョウの巣を見つけた。木に登ると、巣には四匹のヒナがいた。セレスティーノはぼくがヒナをつかまえるのをいやがった。でもぼくは、一匹だけつかまえようよ、子供みたいに育てようよ、と言った。するとセレスティーノは、分かったよ、一匹つかまえて、ほかのは両親のもとに残してやれば、両親はあきらめ、悲しさのあまり死ぬなんてことはない、と言った。「悲しさ！　まるで鳥は悲しいと死ぬみたい！」とぼくは言い、笑った。するとセレスティーノは、「笑うなよ、きみの知らないことなんだから」と言った。そしてとっても真面目な顔になった。


そして、ピヨピヨ鳴き、羽根を揺り動かしてるヒナを持って、家に帰った。

「その鳥を放しなさい！」とぼくのかあちゃんは、ぼくが両手でタイランチョウのヒナをおさえて中に入ってくるのを見て、言った。

「いやだよ。セレスティーノとぼくとで自分たちの子供みたいに育てるんだ」

「もううんざり！」とかあちゃんは答えた。でもそのあと真面目な顔になって、その日は昼も夜も口を聞かなかった。

ぼくらは、タイランチョウのヒナのために、ボダイジュの種とパピータの実を探しに出かけた。

きょうはトウモロコシの草とりの最後の日。やれやれ、よかった、もうこれ以上一日だって耐えられそうにないから。

「こんなのが続いたら」とぼくは、だれにも聞かれないよう、とっても小さな声でセレスティーノに言う。「ぼくはベッドの下にもぐり込んで、二度と出てこない」

セレスティーノはぼくにかまわず、手入れをし、雑草を抜きつづける……。ばあちゃんがいちばん忙しい。トウモロコシを引っこ抜き、そしてもう根のないのを植えなおしてる。じいちゃんにつかまっちゃえ。ぼくはそんなとこ見たくないけど、つかまえたその日にばあちゃんを殺す。

ここが終わったらすぐ、セレスティーノとぼくは山にいってマドルライラックの枝を切ってタイランチョウに鳥かごを作ってやるんだ。もう羽根がはえはじめてる。ぼくらはそのかわいそうなやつをできるかぎり世話してるし、ぼくはときどきベッドに寝かしてやりさえする。でもとにかく、ほとんどなにも食べないみたい。だからぼくは食べ物を押し込んでやってる。パピータを少しつまんでいっきに口に放り込み、喉から胃袋へと指で落としてやる。

「こんちくしょう、引っこ抜いてやがるなんて！　待て、その首、たたき切ってやる！　ろくでなし！　ばか野郎！　野蛮人！　きょうこそ、殺してやる！」

そんなことになるのは分かってた。ばあちゃんは自分をとってても利口だと思ってるけど、結局、ばかなんだ……。あそこを全速力で駆けていく。そしてその後ろをじいちゃんが追っかけ、もう追いつきかかってる。つかまえたら、その頭に鍬を振りおろし、熟れかけのココナッツみたいに、まっぷたつにする。ばあちゃんは家に駆け込み、大声を上げながら、ドアというドアにかんぬきをかけた。セレスティーノとぼくがトウモロコシ畑の真ん中でぼうっとしてると、ママとアドルフィーナは両手に棒を持って、じいちゃんのあとについて駆けだす。道ですれちがう人たちは立ち止まってそのできごとを見ようとさえしない。もう地区の人はみんなぼくらを知ってるし、ぼくらがどんな人間か分かってるからだ。だれもぼくには話しかけないけど、それはまだぼくが小さいせい。大きくなるまで放っておけ！　大きくなったら、おじいちゃんがされてるみたいに、罠をしかけられるんだ。ぼくの囲いに穴をあけ、隣の家の家畜がぼくの農場に入ってきて植えたものをみんな食べてしまう。じいちゃんもそんな目にあってるんだけど。でもみんながそんなふうにぼくらを扱うのは大半はじいちゃんのせいだ。付き合いが悪いせいだ。もっとみんなに優しかったら、そんなことにはならない。でもどうしようもなく乱暴で、いつだったか農場に入ろうとしてたバウディィリオの雌牛を棒でたたき殺したことがあった。その日バウディィリオがかんかんに怒って恨みをはらしにやって来た。でもじいちゃんはバウディィリオの首をひっつかんだ。バウディィリオの奥さんが来て叫びださなかったら、いずれ完全に死んでたはず……。でもばあちゃんはなんてすごい騒ぎを起こしたんだろ！　ほんと騒々しい！　雄鶏に乗られたくないのに、後ろにまわった雄鶏に最後にものにされる、そんなときの雌鶏みたいだ！……びっくりしてるのはセレスティーノだけ、まだこういったことに慣れてないから。ぼくはもう驚かなくて、楽しんでさえいる。ママも驚かない。というのもママはけんかすることに慣れているからで、けんかしない日は機嫌が悪い。そしてぼくはママが杭をつかんだのはじいちゃんじゃなくてばあちゃんをたたくため、それとも、ふたりともかも知れないと思う。というのもママはほかにだれを恨んだらいいのか分からないから。でもぼくはこの騒ぎでママが棒でたたくのはばあちゃんみたいな気がする。

じいちゃんはドアを蹴飛ばしたけど、開けることも壊すこともできないので、屋根に登り、ヤシの葉のあいだにぼくが開けたすきまから中に飛び降りた。するとばあちゃんは矢のように居間のドアから飛びだし、わめきちらしながらバウディリオの家に走って、そこで助けを求めようとしてるみたい。ぼくらには鍬をかついだじいちゃんの姿が、杭を振りあげたぼくのかあちゃんが、そしていちばん後ろにハサミを持ったアドルフィーナが見える。

もう姿が見えなくなったばあちゃんのあとを走ってるふたりの姿が見えなくなる。もうここからは、セレスティーノもぼくもばあちゃんの叫び声とばあちゃんが残していく土埃しか見えない。

ぼくらのタイランチョウのヒナが死にかけてる。ヒナが死にかけてるのがぼくには分かる。死んでしまう。

死んでしまう。

死んでしまう。

もうぼくは水をやったけど、だめ。よく熟れたパピータをやったけど、だめ。パンをミルクにつけてやったけど、だめ。

死んでしまう。

死んでしまう。

死んでしまう。

いまぼくはヒナを埋めるためにグアバ菓子の箱を準備する。でもまだ生きてる……。死んでしまう！　でもまだ生きてる！

死にかけてる。でもまだ生きてる！　とっても悲しい！　ああ、ぼくが棺桶を作ってるのをヒナが見なきゃいいけど。まだ生きてるのに、ぼくらがもう死を考えてるってことが分からなきゃいいけど。でもそれを考えないといけない。鳥かごに放っておけば腐って、アリに食われてしまうから。


「もう棺桶はできた」

「まだ生きてる」

「泣くなよ、まだ生きてる」

「生きてる……」

「大声をあげるな」

「大声をあげるな」


死にかけてる。ぼくが見ると、ヒナは鳥かごの隅でもうからだを震わせてる。悲しくって死ぬんだということがぼくには分かる。そのぼくが、鳥は悲しさを感じないって思っただなんて！……もちろん感じるんだ！　悲しさのせいじゃなかったら、いったいなにが原因で死にかけてるんだ？　ミルクをやったし、水をやったし、陽にあてたし、ベッドに寝かせたし、手でなでてやったし、主の祈りも唱えてやったし、かまどの近くに置いてやったし、十字を切っておはらいしてやったし、パピータをやったし、食べ物のとおりをよくしてやったし、足をこすってやったし、それに下剤をやりたかったけど、それはやらなかった。おばあちゃんの話だと、ばかげてるってことだったから。

「タイランチョウが下剤を飲むなんて話、聞いたことがない。そっと死なせておやり。おまえが悪いんだ、巣から持ってきたんだから！」

「死んじゃう前になにしてやれる！　なにしてやれる⁉……」

『そっと死なせておやり』

　もう冷たい水をやった。いまからお湯をやる。ほかになにしてやれる！……また十字を切った。天にまします我らが主よ天にまします……そのあとどう続くんだろう？　もうお祈りできない。でも、そうだ、とにかく、唇を動かそう。お祈りできない人や霊媒であるのを鼻にかけてる人たちの大半がしてるみたいに。

唇を動かそう……

　救われんことを！

「**ム**ムムムムムムムム　ムムムムムムムムムムムムムムムムムムムムム　ムムムムムムムムムムムムムムムムムムムムムムムムムムムム　ム　ム　ムムムムムムムムムムムムムム　ムムムムムムムムムムムムムム。ひとつのお祈りにかかる時間がたつくらい唇を動かしつづけなくちゃいけない。でも、ひとつのお祈りって、どれくらい続くんだろう。とにかく、せめて、もう少しのあいだ動かしつづけよう。**ムムムム**　ムムムムムムムムムムムムムムムムムムムムムムムムムムムムム　ムムムムムムムムムムムム……

「セレスティーノ！　セレスティーノ！　ひとつのお祈りってどれくらい続く？」

「**ム**ムムムムムム　ムム　ム　ムムムムム　ム　ムムムムムムム」

「**ム**ムムムムムムム　ムムム　ムムム」

「**ム**ムムムム」

「**ム**ムムムムムム」

「**ムムムムム**　**ムムム**　ムムムムムムムムムムムムム……」


『安らかに眠らせておやり！』

死にかけてる！……**ム**ムムムムムムムムムムムムムムムム……。でも、ひとつのお祈りって、どれくらい続く？　**ム**ムムムムムムムム。百まで数えよう。千まで数えよう。きみ、数えることできる？　ぼくは十までしかできない。数えて！　数えて！　**ム**ムムムムムムムム……　一　二　三　四　五　六　七　八……**ム**ムムムムムムムムム　ムムムムムムムムムムムムムム　ム　ムム　ムムムムムムムムム……。「いいお天気！」ってぼくのかあちゃんが言った。そして腰にぼくの足をかけさせ、咲いたばかりのマリーゴールドの野原中を歩きはじめた。

「ママ、だれがこのマリーゴールドを植えてるの？」

「だあれも。ひとりでに育つの」

「ひとりでに！……こんなにきれいなのに、ひとりでに生える。じゃあ、水はだれがやるの？」

「だあれも。だれも水をやらない。雨水でもちこたえなくちゃいけないの」

そのときママは地面にかがみ込み、ぼくとふたりでマリーゴールドを抜きはじめ、両手で持てないくらいになると、マリーゴールドの山を作った。その山があんまり大きかったので空に届いて、そこに穴を開けていった……

「セレスティーノ！　セレスティーノ！　タイランチョウのヒナ、もう死んでる！……」

そしてその穴からぼくのかあちゃんは姿を消した。ぼくはかあちゃんを呼んだ。でも穴はふたたび閉まった。そしてぼくひとりになった。マリーゴールド一色の野原の真ん中で。あんまりいいにおいだったので鼻を閉じたり開けたりして遊び、そのにおいがおいしいものだと気づいた。どんなに呼んでもぼくのかあちゃんは現れなかった。石の下まで調べたけど、見つけたのはサソリの群れだけで、「ここにはいない」「ここにはいない」と言われた。そこで石を持ちあげつづけると、「ここにはいない」とコオロギの群れにも言われた。結局あきらめて家に向かった。そして帰り道、死んだタイランチョウのおそなえにするためにマリーゴールドをつみに山に行ったことを思いだした。でも振り返ると、目に入ったのはぼくのかあちゃんだけで、鞭を手に、ぼくのいるところまで走ってきて、こう言った。

「水をくみに行くか、きょうは家に入らないか！　あのごくつぶしのセレスティーノが来てからは、おまえはいつもあの子といっしょにいて、バケツの水一杯、運んでこない！　ああ、でももうお遊びはおしまい。水を運ぶか、家で寝ないか！　聞こえた⁉」

「くそっ！　きょうはなんにも運ばない！」とぼくは腹を立てて答えたけど、言いたかったのはそんなことじゃなかった。ぼくが言いたかったのは、『ぼくらが世話してたタイランチョウのヒナが死んじゃったのが分からない？　きょうはなんにもする気がしないんだ』。そう言いたかった。でも言わなかった。そんなこと言えば、かあちゃんは大笑いしはじめるのが分かってたから。大笑い。大笑い。大……

そしてぼくが牧場中を走りはじめると、ぼくのかあちゃんはぼくをののしり、大声で叫んだ。

「きょうは家に入れないからね！　入れるなんて思うんじゃないよ！　きょうは牧場で寝ないといけないからね！　牛みたいに！」

でもそうはならなかった。夜になり、セレスティーノとぼくはタイランチョウのヒナを埋めてその上にヒルガオをいくつかのせたあと、こっそり屋根に登り、嵐になると雨水が流れる樋を降り、そこでとっても辛抱強く、寄りそってうずくまったまま、ママがイビキをかきはじめるのを待った。そして最初のイビキが聞こえたとき、ぼくらは部屋までひとっ跳びして滑り込んだ。そして急いでベッドに入り、できるだけゆっくり呼吸しようとした。そして、笑いたくてたまらなかったけど、我慢して、眠った。

最初の雷の音でぼくらは目を覚ました。これが八月で、いつも雨が降るんだけど、どうしてこんなに朝早くになのか分からない。でっかい稲妻がぼくらの上に落ちて、ぼくはベッドで飛びああっとビックリ！

――ぼくの、いかれたファウスティーノおじさん

がる。セレスティーノも飛びあがり、ぼくは笑いをこらえきれなくて、どっと笑う。でも雷がずっと鳴りつづけるので、セレスティーノはぼくの声を聞くこともできない。助かった！　もしも聞こえたら、腹を立てたかもしれないから。でもそんなことにはなりそうにない。セレスティーノは腹を立てたためしがないもの。悲しい、楽しいなんてこともない。いままで考えたことなかったけど、セレスティーノはいつも同じだってことにいま気づいた。悲しんでる、楽しんでる、なにもかも同時だってことに。どうしたらいつも同じ顔をしてられるのか、ぼくには分からない。ぼくにはそんなまねはできないし、機嫌が悪いときにはなにかをしなくちゃおさまらない。たとえトカゲを殺すことだとしても。そして楽しいときには、踊ったり飛び跳ねたりしだす。ときにはちっとも楽しくないのに踊ったり飛び跳ねたりするけど。それを理解するのはとっても難しい。でもセレスティーノを理解するのはずっと難しい。

「きみは絶対に泣かない？」

「どうしてそんなこと聞く？」

「泣いたとこ、見たことがないから」

「まさか……」

にわか雨はいっそう激しくなってる。朝だけど、全体が暗い。大粒の雨がもう天井からしたたり落ちつづけ、ベッドにいるぼくらに楽しそうにふれる。ぼくは飛びあがってベッドから降りる。

けど床は湖みたいになってる。そしてぼくはまた横になる。こんどは全体がなおさら暗くなってて、稲光が部屋のすきまからさっと入り込んでくるとき、セレスティーノの顔しか見えない。にわか雨はもっと激しくなり、ヨタカの大群がボダイジュの枝から舞いあがり、雨に消えてしまうように見える。

「見てよ、ヨタカだ！　見てよ、ヨタカだ！　にわか雨でも出てこれるんだ、そして行きたいとこへ行く……」

「まさか！……」

また稲光。今度はセレスティーノの顔が見える。雷の音がうるさくって、ヨタカを指さしたときセレスティーノがなにを言ったのか分からなかったけど……。ぼくはにわか雨が大好きだ。雨が上がるといつも、セレスティーノとぼくは水たまりをピョンピョン跳びながら山に向かい、最初に見つけた大きな水たまりで泳ぐ。にわか雨のあと水はとっても澄んでて冷たい！　それに鳥がいっぱい！　それに鳥がいっぱい！　その鳥たちがピヨピヨ鳴いたり歌ったりするので、セレスティーノに話を聞いてもらうには、大声を出さないといけない……。いまとっても細い稲妻が落ちる。家の裏でだれかが燃えるたいまつを投げてるみたい。稲妻が光るたびに、すっごく大きな音がして、そのあとまた稲光。ぼくが起きれたら通路に出て、雨が降るのを見るのに（というのもいま話したことはみんなぼくの想像で、なにひとつ見ちゃいないから)。でもぼくらには見えない。ついさっきとってても細い稲妻が部屋に入ってきて、「じっとしてろ、黒こげにされたくなかったら」とぼくらに言ったから。だからここでじっとしてる。ぼくはセレスティーノを見つめ、セレスティーノはぼくのほうを見つめてるけど、どっちも相手を見ることができない。たぶんセレスティーノはこんなとき泣く。そしてぼくにはセレスティーノが見えない! たぶんぼくも泣いてるんだ。でも泣いてないと思う。こんな暗いとこで泣くのは好きじゃない、だれも見てなさそうだから。

部屋のドアがいっぱいに開いて、ぼくのかあちゃんが入ってくるけど、もうほとんど魚になってる。

「かわいそうな坊やたち」とぼくらに言う。「このひどい嵐をふたりっきりで過ごしたのね。きっと冷えきってるわね。温かくなるようあたしがいっしょに寝てあげたほうがよさそう。殻から出たばかりのヒヨコに雌鶏がするみたいに」

ぼくのかあちゃんはひとっ跳びして、ぼくらといっしょにベッドで横になる。するとすぐぼくらは前よりも冷える。ぼくのかあちゃんはひょうの粒みたいだから。そこでぼくらは頭からシーツをかぶるけど、寒さでからだがかじかみつづける。

「もうだめ!」といっしょにベッドで寝てた魚が言う。そしてまるで叫んでるような大きなあえぎ声を上げて、ベッドから飛びだし、水中を泳いで遠ざかる。

セレスティーノとぼくは動こうともせず、寒さで震えながら、シーツの下にいつづける。いまやなにもかもびしょびしょ、ぼくらまでも。雨はやみそうにない！　ベッドが水に浮かぶ。そしてセレスティーノとぼくはどこへ避難したらいいのかも分からずに部屋中を航海する。ドアがまた開き、ぼくのかあちゃんが両手でベルトを持って、さっと入ってくる。

「へえっ、よく家に寝に帰ってこれたものね！　今夜は牧場で寝なさいって言ったでしょ！」

ママはベルトをかざしてぼくに近づく。そしてたたきはじめる。

「ろくでなし！　ろくでなし！」

そして、まがぬけてるので、振り降ろすベルトはどれも、かわいそうになんの罪もないセレスティーノの背中にあたる。セレスティーノはすすり泣きさえしない。そこで、ぼくは、セレスティーノがなんにも言わないのを知って、シーツのあいだから顔を出し、ママに言う。

「ばーか！　ぼくじゃなくて、セレスティーノをたたいてるよ」

ママはなおさら腹を立てる。

「とんま！　いまいましい！」

そしてセレスティーノをたたきつづける。ぼくはもうなにを言ったらいいのか分からない。ベルトをとりあげようとするけど、かあちゃんはラバより力があるので、あっさり奪われはしない。そこでぼくはセレスティーノの上にかぶさり、ベルトがぼくの背中を打つがままになる。

「ここから出ていこう！」とそのときセレスティーノが言う。「逃げだそう！」

そしてひとっ跳びして臭い水の中に入り、部屋のすきまから逃げだす。中庭に来ると、ボダイジュの木のほうに駆けだし、そのあと奥の木立の中に消える。外に出るな、とぼくらに言った稲妻が、まるで興奮した大蛇みたいに、にわか雨の中で伸び縮みしながら、全速でぼくらを追いかけはじめ、叫ぶ。

「部屋にもどれ、火花で黒こげにされたくなきゃ！」

でもぼくらはもどらない。走りに走る。そしてもうぼくのかあちゃんの叫び声がにわか雨の下で、うちつづく稲光や終わることのない雷のとどろきに混ざる。

とうとう雨が上がりそうだ。

セレスティーノとぼくはテリハボクの木のうろにうずくまって、空が白み、雲がぼくらの前をさっと通りすぎてずっと川下で溶けていくのを見てる。いまこのうろから出たら、一日の最初のきらめきに溶かされてしまうかもしれない。やめよう。もう少しここにいて、どうなるのか見守ったほうがいいみたいだ。

お腹がすいてる。セレスティーノは家を出てからひとことも口をきかないけど、同じようにお腹がすいてるんだ。そしてときどき（セレスティーノは聞かれたくないんだろうけど）腹の虫が鳴く。なにもかも泥だらけなのに、なにを食べたらいいんだろ！　川は下のほうでうなり声をあげている。その川は疲れ知らずで、少しずつ、ほとんどの木や土を押し流していき、もうぼくらがこのテリハボクの幹の中にいるだけ。まわりの血のように赤い水の流れは止まることなくどんどん大きくなって押し寄せ、家畜や木や人をつれてってしまう。そしてなにもかもがひとつの巨大な騒がしい流れとなってふくれあがり、しだいにいっそう速く動きまわり、ほとんど宙ぶらりんになっていたカズラやなぜか奇跡的に立っていた木を運び去っていく……。セレスティーノは樹液のしたたる、ワラジムシだらけのテリハボクの木のうろの中で震えている。ぼくにはいまセレスティーノが震えてるのが見える。雨は上がったけど、稲光があいかわらず続いてて、うんざりする。この木の幹はでっかくて、入ってくるのは外の稲妻の光だけで、それがぼくらを照らしたり、闇にもどしたりする。ぼくが出たら、いったいだれが、ドアの真ん中で大きな槍を持って待ちかまえてるんだろう？　ぼくが思いきって出たら、いったいだれが、斧の刃をとぎだして光らせ、『さあさあ』とぼくに言うおじいちゃんを抑えてくれるんだろう？　ぼくがまた息をしはじめたら、だれがぼくをつかまえるんだろう？　ぼくらが息をしたら、そのときにはだれが、あの子らは見つからん、と言うんだろう？　もう昼中なのに、でっかいワラジムシだらけのこの木のうろの中では、なにもかもあいかわらず暗い。

「ぼくら、どうして外に出ないんだ？」とぼくは何年も何年もたってからセレスティーノに言う。

「とにかく連中は立ち去らないし、ぼくらをほっといてもくれない。ここにずっとはいられない。お腹がすいて死んでしまう。いますぐ出よう」

ぼくは最後のワラジムシを一口で食べたとこだった。少し切ってセレスティーノにやると、いらない、もうお腹いっぱい、と言った。そこでぼくは生きたのを捕まえ、口に放り込んだ。そして一気に飲み込んだ。ワラジムシはそんなにまずくはなかった。少なくとも、この最後のやつはいい味がするような気がした。でもそれはきっと、最後のだから、ということでしかない。そしていまぼくらはもう逃げ道がないことを知ってる。ぼくのかあちゃんの槍がうろのすきまからチラチラ見える。いったいどいつがあの槍をぼくのかあちゃんにやったんだろ？　そしておじいちゃんの斧の刃先はまるで太陽みたいにギラギラ光り、あいかわらず憎たらしい。「もうワラジムシは終わっちゃったけど、どうする？」とぼくはセレスティーノに聞く。すると指を一本切ってぼくにくれる。「きみはほんとにいいやつだな」とぼくは言う。「でもそれじゃあ、なんの足しにもならない」。するとセレスティーノは片腕を引き抜く。

ぼくは悲鳴を上げる。

悲鳴を上げる。けど、そんなに大きな声じゃない。そしてすぐ口をふさぐ。一瞬彼を見つめ、うろから走りでる。きらめきがぼくの足を止める。じいちゃんの斧がぼくの目をくすぐり、首をかすめていく。稲光はまだ見える。ずいぶん遠くだけど、あんまり遠いから、稲光じゃなくて港町の光だとも言えそう。でもぼくらはみんな、このあたりには海がないことを知ってる。そして町はなおさら。ぼくらは孤立している。ぼくは世間の人たちからこんなに遠く離れて暮らすのは好きじゃない。幻覚を見ながら一生を過ごすことになるから。そして最悪なのは、この辺にはほかにだれもいないから、幻覚なのか幻覚じゃないのかはっきり言えないこと。そしてぼくらだけがそれを見ることになる。ちょっと前、ぼくは便所に行こうとして部屋を出た。そしてその途中、女の人の頭をした巨大なクモに出くわした。泣きじゃくっていた。見たときにはとってもびっくりしたけど、泣いてるのが分かったので、人間なんだ、と自分に言い聞かせた。そして少しずつ近づいていった。

「どうしたいの?」と、ほとんど震えもせずに、言った。

するると、手足を全部動かしながら、答えた。

「あたしの子供たちを殺して! もう一週間、背負ってるんだけど、あたしのはらわたまでかじってるの」

女の人の頭をしたクモの背中のほうを見つめると、いろんな大きさの子グモの一団がいるのが分かった。たえず動きまわり、母親の背に荒々しく足を突き刺してた。母親はなにもできずに泣きに泣いてた。「来て、食べなよ」と子グモたちはぼくに言い、手足でひっかきつづけていた。ほんとのところそのクモの上に登って食べはじめたかったけど、自分が助かるには、家まで駆けもどって横になるしかなかった。便所にも行かずに。もうそんな気はなくなっていたので、行く必要もなかったけど。でも問題なのは女の人の頭をした大きなクモを見たのはぼくだけだってこと。いまじゃだれもぼくの言うことを信じようとしないし、ママにその話をすると、おまえはばあちゃんよりもいかれてる、って言われた。そしてばあちゃんに話すと、十字を切って、かまどの前にひざまずき、「おまえは魔法にかけられてる」と言った。じいちゃんは面とむかって笑い、「ごくつぶし、とんま、もうおまえはばあさんとおんなじだ、あいつもところかまわず幽霊を見てやがる！　子牛を捜しにいってこい、もうすっかり遅いのに、まだ最初の乳しぼりもしちゃいねえんだぞ！」と答えた。少し相手にしてくれたのはセレスティーノだけで、ぼくはベッドに入るとすぐ話した。セレスティーノは寝てるのか起きてるのか分からない状態で、「またクモか。そっとしといてやりなよ。そいつも小さいときは同じことしたんだから」と言った。そして、眠ってしまった。ぼくはどう考えたらいいのか分からなかった。セレスティーノは「また」と言ったけど、ぼくがクモを見たのも、セレスティーノに話したのも初めてだったから。セレスティーノは前に見たことがあったんだろうか？　でも、どうしてぼくに言わなかったんだろう？　セレスティーノとぼくはひとりでしたことはいつも話しあってる。でもいまはいつもいっしょだから、もうひとりでなにかするってこともほとんどないけど……。もうほんとにぼくには逃げ道はない。ぼくのかあちゃんの槍はもうなんだかとっても勢いよく激しくくすぐるみたいに、なめらかに動き、すべっている。ぼくのじいちゃんは、両手で斧《アチャ》をできるだけ高く持ちあげて〈頭の真ん中〉にねらいを定めて、考えてるみたいで、その目はもうなにもかもが暗くなったときの猫の目のように輝いてる。ぼくのばあちゃんは、しゃんとして、じっと立ったまま、両手で持った別の斧《アチャ》をいじりながら、指で切れ味を確かめてる。彼女は鼻持ちならないけど臆病でもあるので、ぼくのかあちゃんの槍がぼくのお腹を突き抜け、ぼくのじいちゃんの斧《アチャ》がぼくの頭をヒョウタンを割って作るカップみたいにまっぷたつにするのを待ってとどめをさしたあと、あたしのせいじゃないよ、と言おうとしてる。「老いぼれの腰抜け！」とぼくは、しっかり口を閉じたまま、言ってやる。「どうして最初にぼくに斧《アチャ》を振り降ろさないんだ」。**ついに犬たちの歯、中庭のバケツ、羽根アリたちのずっと下で歌が始まる。**じいちゃんの斧《アチャ》が輝き、そしてぼくは、だれもびっくりしないよう（ぼく自身さえも）、できるだけ小さな声で泣きだす。でもとにかく、泣いてることがぼくには分かるし、大きな声だって小さな声だってどうでもいい。結局、ぼくも腰抜けなんだ。ぼくのばあちゃんと同じくらいの腰抜け。それじゃあ、どうせ泣くんなら、みんなも知ってることだし、好きなように泣いたほうがいいと思う。そして泣きわめくと、その声がとっても大きいので、空がピシッと音を立てて四つに割れる……。そのとき初めてぼくらは、セレスティーノがそこで、小さな森のでっかいアーモンドの木の下で、詩の中でもいちばん長い詩を木々の幹や枝に書きつづけているのを見た。ぼくはセレスティーノを見て、泣き叫ぶのをやめたけど、なぜかは分からなかった。というのも、セレスティーノが自分の小刀で落書きしてるのが詩なのかなんなのか分かりもしなかったから。そしてママやじいちゃん、ばあちゃんがどうやって知ることができたのかぼくには分からない。三人はぼくと同じくらい、たぶんもっとばかで、だれひとりOという字も知らない。でも実のところ、三人はぼくにかすり傷ひとつつけずに、ぼくのそばから離れ、さっと走って、とってもひどい言葉を浴びせかけながらセレスティーノに襲いかかったんだけど、以前、おじいちゃん自身が雌馬に乗れずに振り落とされたときだって、そんなにひどい言葉じゃなかった。セレスティーノは、三人が斧《アチャス》や槍を持って近づいてくるのを見ても、逃げだそうという素振りさえ見せなかった。なんてのろまなんだ、じっとしてるなんて！　そして涙でぐっしょりになって、説明する。「しまいまで書かせてよ、もうちょっとなんだから！……」。そのあとどうなったのかぼくは知らなかった。というのもアリの群れがぼくの足をかじっていたのでとっても腹が立って、川に向かって駆けだし、ろくでなしのアリたちが溺れ死にするように頭から飛び込んだから。でも、その日、三人はセレスティーノになんにもしなかったし、セレスティーノはまだその詩を書きあげていない。そしてかわいそうにさまよう亡霊みたいに歩き、ナイフを盗んでは、つぎからつぎへと木を枯らしていくけど、すぐにおじいちゃんがその木を斧《アチャ》で切り倒す。ぼくは木がとってもかわいそうになる。とりわけマドルライラックが。一月になるととってもきれいになるから。マドルライラックはそうやって花をいっぱいつけて東方の三博士を待つの、地面をおおって、博士たちがこのあたりにあるのは雪じゃなくて泥だと気づかないようにね、と以前、ぼくのかあちゃんは言った。というのも、かあちゃんの話だと、このあたりには雪がないことを三博士が知れば、二度とやってこなくなるからだ。それはほんとかもしれない。マドルライラックの木が枯れはじめてからは、三博士はぼくのことを忘れてるし、おととしは懐中電灯を電池なしで頼んだけど、それさえ持ってきてくれなかった。あんなに声を張り上げてお願いしたのに、三人のラクダのためにばかみたいにたくさんの草を抜いておいてあげたのに。そう、ほんとのところ、木が枯れるのを見るのはつらいし、じいちゃんが斧《アチャ》で切り倒すのを見るのはとってもたまらない。たとえその木がマンゴーとかコモクラディアであっても。とってもつらいけど、ぼくになにができるんだろう……。アチャス　アチャス。

「斧《アチャス》はどんな音たてる？」

「パスッて音、まるで空中で鳴きつづけてる霊みたいに」

「斧《アチャス》はどんな音たてる？」

「パスッて音……。パスッ……」

斧《アチャス》しか見えないし斧《アチャス》の音しか聞こえない。壁に斧《アチャス》が貼られ、屋根や柱、棟木からぶらさがる斧《アチャス》でいっぱいの、この斧《アチャス》の家では。床が、通路が、樋が斧《アチャス》でできてる。そしてじいちゃんが斧《アチャス》をのせるためのテーブルを作ったときに使った杭さえ斧《アチャス》でいっぱい。

光と影が話さないと誰が断言できるのか？
昼と夜の言葉を理解できぬあの者たちだけ。

――ムサ＝アグ＝アマスタン

アチャス。アチャス……そしてセレスティーノは、気狂いみたいに、フジバカマの茂みのいちばん細い枝にまで書きつづけてる。

アチャス……そして木々はギシギシ音を立てて、たった一撃で倒れる。というのもこの意地悪じじいは力をとりもどして恐いくらいねらいが確かになっているからで、いつだったか牧場で斧《アチャ》をつかんで、宙で二、三度揺すって力一杯投げると、グアバの木まで飛んでいってその木をこなごなにしてしまった。そしてばあちゃんは、馬のいななきまでなにかの前触れと信じてるんだけど、ののしりながら台所から出てきた。というのも、ばあちゃんの話だと、その木はご神木で、ぼくらにばちがあたるらしい。そして雷だって落ちるって。

アチャス……そして雷がもう家の中を見まわり、ぼくらをばかにする。そしてぼくらがなにが原因で死ぬかさえ言う。

アチャス。アチャス。アチャス……そしてぼくは、いつかセレスティーノが自分の体にあの落書きをする気になるんじゃないかと、とっても心配してる。

アチャス　アチャス　アチャス　アチャス

アチャス　アチャス　アチャス　アチャス　アチャス　アチャス　アチャス

アチャス

アチャス

アチャス……

アチャス……

斧《アチャス》の音がしないとぼくは眠れない。アチャス……

「おじいちゃんの斧《アチャス》、どんな音を立ててるか、聞こえる？」

「うん、もう聞こえる」

「その詩を仕上げるのにまだずいぶんかかる？」

「うん」

「とってもとっても？」

「とっても。まだ始めてないんだ」

アチャス　アチャス　アチャス　アチャス　アチャス　アチャス　アチャス　アチャス
アチャス　アチャス　アチャス　アチャス　アチャス　アチャス　アチャス　アチャス
アチャス　アチャス　アチャス　アチャス　アチャス　アチャス　アチャス　アチャス
アチャス　アチャス　アチャス　アチャス　アチャス　アチャス　アチャス　アチャス
アチャス　アチャス　アチャス　アチャス　アチャス　アチャス　アチャス　アチャス
アチャス　アチャス　アチャス　アチャス
アチャス　アチャス　アチャス
アチャス。
アチャス。
アチャス。
アチャス　アチャス　アチャス　アチャス　アチャス　アチャス　アチャス　アチャス
アチャス　アチャス　アチャス　アチャス　アチャス　アチャス　アチャス　アチャス
アチャス　アチャス　アチャス　アチャス……斧《アチャス》の音がしないとぼくは眠れない。止まるな！
止まるな！
止まるな！

アチャス　アチャス　アチャス　アチャス　アチャス　アチャス　アチャス　アチャス
アチャス　アチャス　アチャス　アチャス　アチャス　アチャス　アチャス　アチャス
アチャス　アチャス　止まるな！　止まるな止まるな止まるな止まるな止まるな止まるな。アチャス　ア
チャス　アチャス　アチャス
アチャス
アチャス
アチャス
アチャス
アチャス
アチャス
アチャス
アチャス
アチャス
アチャス
アチャス
アチャス　アチャス　アチャス　アチャス　アチャス　アチャス　アチャス　アチャス
アチャス　アチャス　アチャス　アチャス　アチャス　アチャス　アチャス　アチャス

おまえは食べ物を盗みに行った。でもおばあちゃんがおまえを見てほうきでひっぱたいた。

——ぼくのセリアおばさん

アチャス　アチャス　アチャス　アチャス　アチャス　アチャス　アチャス　アチャス
アチャス　アチャス　アチャス　アチャス　アチャス　アチャス　アチャス　アチャス
アチャス　アチャス　アチャス　アチャス　アチャス　アチャス　アチャス　アチャス
アチャス　アチャス　アチャス　アチャス　アチャス　アチャス　アチャス　アチャス
アチャス　アチャス　アチャス　アチャス　アチャス　アチャス　アチャス　アチャス
アチャス　アチャス　アチャス　アチャス　アチャス
アチャス　アチャス　アチャス
アチャス　アチャス
アチャス　アチャス
アチャス。
アチャス。
アチャス。
アチャス。

　アチャス　アチャス　アチャス……「この懐中電灯、かわいいな」と男の子たちがみんな言った。「三博士が持ってきてくれたんだ」とぼくは答えた。するとみんな大笑いしだした。アチャス　アチャス　アチャス　アチャス　アチャス……どうして笑ってるの？

……アチャス　アチャス　アチャス　アチャス　アチャス。

「どうして笑ってるの？」

「アチャス！　アチャス！　アチャス！　アチャス！　だれがおまえに言ったんだ、三博士だっただなんて、このとんま！」

アチャス　アチャス　アチャス　アチャス　アチャス　アチャス　アチャス　アチャス
アチャス　アチャス　アチャス……

「ぼく、三人を見たんだ。だれにも言われなかったよ。ぼく、はっきり見たんだ」

「ハ　ハ　ハ　ハ　ハ　ハ　ハ　ハ　ハ　ハ　ハ　ハ」

アチャス　アチャス　アチャス　アチャス　アチャス　アチャス　アチャス　アチャス。

「にせものの懐中電灯だ。さあ、おれたちの顔、照らせないだろ？」

そこでぼくは懐中電灯を上げ、男の子たちの顔を照らした。

「なにをした！」

「アチャス　アチャス　アチャス　アチャス」とぼくは腹をかかえて笑いながら答えた。そして自分の部屋に入った。みんな、ぼくを待っていた。ぼくは懐中電灯を上げてみんなの顔を照らした。

「ぼくの蛇たち！　立ち上がって、自分を蛇と言ってごらん！」

みんなは立ち上がり、自分のことを蛇と言った。ぼくはまた大笑いした……。アチャス　アチャス　アチャス　アチャス　アチャス　アチャス　アチャス　アチャス　アチャス　アチャス　アチャス　アチャス　アチャス　アチャス　アチャス　アチャス　アチャス　アチャス……。そして懐中電灯は、最後に、ひとっ跳びして、ぼくのじいちゃんの顔を照らしたけど、おじいちゃんは大きな月桂樹の木々の下で（その木にぼくはあるとき自分でスズメバトに巣を作ってやった）、いままで見たことのないくらい激しく斧を振り降ろしていた。月桂樹はどれも、とってもしわがれた叫び声をあげはじめ、それからニャーニャー鳴いたり、ときにはいないないたり、そして最後には、まるでスズメバトのヒナみたいにピヨピヨ、ピヨピヨ鳴きはじめたけど、もう小枝やなんかといっしょに倒れかかっていた。ぼくは木を支えに行った。でも、そんなことしてたら、幹がぼくの上に倒れてきて、つぶされてしまうと思った。「倒さないで」「倒さないで」とぼくはおじいちゃんに言った。「倒さないで、あの上にスズメバトの巣があって、ヒナやなんかがいるんだ」……アチャ

ス　アチャ
ス……。そして木々はまたニャーニャー鳴きはじめた。そのあとおじいちゃんは斧をつかんでぼくに振り降ろしたけど、ぼくはニャーニャー言いさえしなかった。地面や倒れた木々に寄りかかって、ピクリともしなかった。そして、こびりついてる泥さえ落とさずにオレンジの皮を食べているアリが見えた。目を閉じると、そのアリが両手でぼくをつかんで自分の家につれていくのが見えはじめた。便所のくぼみのずっと下、ひどい臭いさえ届かないところへ。ここへ。

「もう寝た？」

「いや。まだ」

「遅いんだろうね」

「遅いんだろうな」

「いま斧の騒ぎ、聞こえる？」

「ああ、聞こえる」

「今晩は恐い」

「ぼくも」

ああ、すぐにとりさられんことを、
われわれを他所者にさせるものが！

――『マクベス』第四幕第三場

「とっても？」

「きみより」

「まだずいぶんかかるの、詩を仕上げるのに？」

「かなりな」

「どれくらい？」

「まだ始めてないんだ」

「シーツ、ぼくの頭にかけてよ」

「もうかかってる」


雨がやんだらぼくらはまた水たまりの魚をつかまえに行く！　水たまりの魚はほんとにうまい！　ばあちゃんは、ぼくらが魚を持って帰ってくるのを見るたび、突っかかってきて、「棒が腐ったみたいな味がするそんなゴミなんか棄てちゃいな」と言う。でもぼくらはそんなことしない。するとばあちゃんはぼくらが魚をかまどで料理するのを許してくれない。だからぼくらは山に行く。そして、川の向こう側で、魚を料理しはじめる。セレスティーノは大きな石を三つ運んでくるし、ぼくは乾いたたきぎを探しにいく。それから魚を火にかけ、煮えるのを見守るけど、赤くなってきたら食べごろ。ときには煮立たせておいて、川で泳ぐ。川で。

「もう立ってる木はほとんどない。いまからどうする？　陽は照りつけてるし、きみはもう詩を書きつづけられないし」

「心配いらない、もうたくさん種をまいたから、しばらくしたら大きくなってるよ」

「明かり、消そうか？」

「ああ、でも、まずつけて」


きょうぼくらはいつになく早く川に来る。まだ明け方で、蛙たちの声がはっきり聞こえる。ときどきコオロギがリーリーと鳴き、また黙る。ゆうべ、ぼくはコオロギをつかまえようとしてベッドから出た。どんなに探しても見つからなかったけど、いまいましいことにそいつは音を立てつづけていた。シーツをかぶって眠りはじめると、そのコオロギが耳もとでそれまでよりも大きな声でまた鳴いたので、ひどくいらいらしてベッドに腰かけ、徹夜してしまった。でもそのコオロギは二度と鳴かなかった。鳴いても鳴かなくてももうどうでもいい。ぼくのせいで喉を痛めてるのかもしれない……。セレスティーノは何日も前から木の幹に書いていない。どうも変だ。ぼくら家中の人間はどうなってるのか知りたくてやきもきしている。でもだれもセレスティーノにはなんにも言おうとしない。セレスティーノが詩を書いてることはもう地区中の人が知ってる。ぼくらはほかの人からとっても離れて暮らしてるんだけど。そしてだれも、ばあちゃんにもおじいちゃんにも、この家の人間にはもうだれにも挨拶しない。ママにはずっと前から挨拶しない。

ぼくのとうちゃんが（ぼくはだれがとうちゃんなのかも知らないけど）ある日ママをつれてきて、道の真ん中で、とっても大きな声で、「あんたのガリガリ娘を置いとくよ」と言ったときから。そして、まるでなんにもなかったみたいに、振りむきもしないで行ってしまった。そのときから地区のだれひとり、ぼくのかあちゃんに「おはよう」さえ言わない。男が自分の妻を放りだすのは、妻がなにか悪いことをしたせいということになってるから。でも、ぼくのかあちゃんは悪いことなんかなんにもしてないってことは、ぼくには分かってる。ぼくのとうちゃんがかあちゃんをじいちゃんの家にもどしたのは、きっと重荷を放りだして、その先ひとりで生きたかったからなんだ……。ばあちゃんとじいちゃんはセレスティーノが嫌いになって、顔も見たくないほどだし、いまは詩のことがあるからなおさら。ぼくのかあちゃんはどっちに味方したらいいのか分かってないけど、同じようにセレスティーノを憎みはじめてる。それはぼくがかあちゃんのことよりセレスティーノのほうをもっと気にしてるし、以前してたみたいに花に水をやる手伝いをしないからだ。でも確かに、水をくんでこなくちゃならないのはぼくなんだけど、その水をかあちゃんはむだづかいし、イラクサの茂みにさえかける。アドルフィーナはといえば、けんかすることと、白い泥とレモンで顔と腕の化粧をすることしかできない……。問題はセレスティーノの味方はぼくだけってこと。このぼく、結局、なんの役にも立たない。このぼく、セレスティーノのためにこの家ではなんにもしてやれない。そして何度も力になろうとするんだけど、とってもばかなので、なにかしてもなにがなんだか分からなくなり、なにもかもうまくいかない。でもとにかくぼくはセレスティーノの味方で、そのことはセレスティーノも知ってて、とってもうれしく思ってる。ぼくらふたり、とってもうれしく思ってる。

もう暗くなりかけたときぼくらは家に着く。ぼくのかあちゃんは花を手に中庭にいて、水がまけるようぼくにくんできてもらいたがってる。

「ニオイニガクサが枯れちゃった」と言い、すぐにセレスティーノのほうを見る、まるでセレスティーノのせいとでも言うように。

「心配ないよ、水をやるんだから、そしたら分かるよ、すぐに生き返るのが」とぼくは言い、台所まで行って、棒とバケツをつかむ。

セレスティーノはいつも水をくみにいく手伝いをしたがるけど、ぼくは、いいよ、ひとりでやるよ、と言う。というのも、ぼくがセレスティーノといっしょにバケツをかついでるのを見たら、ママはとっても悲しむかもしれないから。するとセレスティーノはぼくといっしょに井戸まで来る。そしてぼくは水でいっぱいのバケツの重ささえ感じない。


二度目に水をくんできたとき、ママは目にいっぱい涙をためて「ニオイニガクサが全部枯れちゃった」とぼくに言った。そしてまたセレスティーノを見つめた。するとセレスティーノは家の中に入ってしまった。

「もう行っちゃったよ」とぼくはママに言った。

ときには数羽の鳥が、一頭の馬が円形闘技場の廃墟を救ってきた。

――ホルヘ・ルイス・ボルヘス

するとママはまた「全部」と言って、ひとり言を始めた。まるでちっちゃな子供みたいに泥だらけの手で目や顔をさわりながら。ぼくはママと話しつづけたくなかった。最近はとっても淋しがりやになってて、ちょっとしたことでも泣くからだ。そこで三度目の水くみに井戸に行った……。そこにかあちゃんがいた。水面に浮かんでた。そして知らないまにバケツの底でかあちゃんをたたくと、耳をつんざくような声で「全部」とぼくに答えたけど、まるでとっても深い洞窟のいちばん奥から話してるみたいだった。そして同じことを何度も繰り返しはじめた。

ぼくはかあちゃんを井戸からひっぱりだそうとした。でも出たがらなかった。そしてたっぷり顔をぬらして（涙か水かは分からないけど）、「あっちへ行って、ここはとってもくつろげるから」と言った。

だからぼくはからっぽのバケツで引き返した。

そして井戸に背を向けたとたん、すすり泣くとっても大きな声がその中から聞こえ、ぼくはひどく悲しくなってつまずき、バケツやなんかを持ったまま地面に倒れた。ひどく悲しくなったけど、井戸にもどりたくなかった。ひとりにしといて、とはっきり言われたから。そしてからっぽのバケツを手に、家の中庭に向かった。

「でも、どうしたの、からっぽのバケツでもどってくるなんて」とママは、ニオイニガクサを植えなおしながら、ひどくびっくりして言った。

「べつに！　なんでもない！」とぼくは言い、だれも（自分でも）聞こえないくらいとっても小さな叫び声を上げて、また井戸へ駆けもどり、「セレスティーノは、セレスティーノはどこに行っちゃったんだ？」とつぶやきながら、急いでバケツに水をくんだ。そして自分を抑えきれなくなって、井戸をのぞいた。するとぼくらはそこにいた。もう水が首まできていたのでぼくらはくっついて震えてたけど、全然恐くないってところを見せようとして頬笑んでもいた。

ふたたびきみは詩を書きはじめた。今度は前よりもさらに狂ったように。いまや地区中がきみという人間を知ってる。もうきみに逃げ道はない。孫のひとりがそんなことをしてるなんて考えると恥ずかしくってたまらない、とばあちゃんは言う。そしてじいちゃんは（いつも斧を背負って）ののしることしかしない。

きみはまた詩を書きつづけてる。そしてきみが絶対手を止めないってことはぼくには分かってる。いつか終わるつもりさ、とたとえきみが言っても、それは嘘。嘘だってことをぼくは知ってる。それはぼくのかあちゃんも知ってて、ただ泣くだけ。おばさんたちはといえば、ぶつぶつ言うだけ。

もうみんなきみを憎んでる。

いま台所でぶつぶつ言ってるのが聞こえてくる。話してる。話してる。話してる。きみの殺し方を探してる。殺し方を探してる。殺し……

ぼくがきみと話せたら、なにを言ったらいいのか分からないけど、なにか言ってあげられるかもしれない。でも言えない。有刺鉄線で口を縫われてしまい、魔女が棒を持っていつもぼくについてるから。そして、まず「ムムム」と言おうとすると、ぼくにはそうしか言えないからだけど、その魔女は頭上を飛びまわってる棒をつかんで、ぼくをたたく。ろくでなし！　おまえはあたしを苦しめることしかしないんだ。

もうみんな、ぼくらがどんな人間か分かってるけど、どうしたらいい！　たぶんきっとぼくらを捜してベッドの下を見てるんだ、そしてそこで見つからなかったら戸棚の後ろを捜し、そこにいなかったら、天井に上って捜す。そして調べる。そしてなにもかも引っくり返す。そしてぼくらを見つける。逃げ道はない……それでもまだきみは書きつづける！


きょう、セレスティーノとぼくは丸一日、家の裏から赤土を掘りだして大きな城を作った。セレスティーノが前に、文字がたくさんあってカラーの絵のついた本で見たのと同じのを。本のよりずっときれい！　ぼくらのは本物の城で、セレスティーノが見せてくれたのとはちがうから。結局、それは色のついた紙でしかないんだから。

「城にいくつ部屋を作る？」

「百」

その城にぼくらは部屋を百、作ることにする。

「それで城は何階にする？」

「十」

城は十階建てになる。

「それで塔はいくつ？」

「ひとつだけ、でもとっても大きいのを」

その城には塔はたったひとつしか作らない、でもとっても大きいのを。陽に焼けないようカポックの木の下で作ってるからなんだけど、あんまり大きいのでその木のてっぺんまで届きそう。もうぼくらはすごい量の赤土を積みあげてる。土にはついさっき水をかけ、こね、もう混ぜてある。石は朝、拾ってきた。もう木の幹のところに材料はみんなそろえてある。あとはもう、建てはじめるだけだ。これでよし。

ぼくらは丸一日、十階建て百室の大きな城にかかりきりになった。そこではビンというビンが暮らすことになる。ばあちゃんが古い飾り棚にしまってるビン全部。ぼくらはそれを盗んでここに移そうと思ってる。ここはあの飾り棚の中よりはずっとくつろげるはず。いまはギュウギュウ詰めで暮らし、ゴキブリや気の荒いクモと場所をゆずりあわなくちゃいけないんだから。でもここだとまるで王様みたいな暮らしができる……。といっても、みんながみんなそんな生活ができるわけじゃないけど。その城を管理する方法はもうセレスティーノとぼくとで考えてある。まず王様とお妃様を置くけど、ふたりは三階に住むことになる。その階はふたりだけの階で、プールまでつけてやり、壁には花をいっぱい飾って王様が住むにふさわしいような場所にする。そのとあらゆるタイプの王子を作る。悪いやつ、いいやつ、不細工なやつ、若いのも年寄りのも。そしてそのあと王女たちやほかの人たちを作って、百室にうまくおさまるよう結婚させなくちゃいけない。だってビンはばあちゃんがいつもピンギンの茂みの中からも拾ってくるのでいっぱいあるし、飾り棚はもうビンではちきれんばかりになってるから。変な臭いがして、汚くて、死んだ虫でいっぱいのビンも何本かあるんだけど。

もう暗くなりかけてるけど、ぼくらは顔や目、全身泥だらけにして、うれしくって跳びまわりはじめた。だって、とうとう赤土の城が完成したから！

そこに巨大な塔がそびえる城がある。カポックの木のてっぺんには届いていないけど、とっても高い塔。そこに十階建て百室の城がある。みんな赤くて、中はたくさんのマドルライラックの花で飾られてる。花がびっしりつまってるので、壁が泥土でできてるなんてだれも言えない。お妃様はとっても気どって城中を歩きまわる。視察し、命令し、坐り、また立ちあがる。プールにもぐり、急いでからだをふく。服を着て、また服を脱ぐ。そしてそれから正面の大きな回廊に出かける。そこからは兵士全員が見渡せるけど、兵士たちは疲れも知らずに歩調をそろえて行進しつづける。ぼくらはまだ王様を手に入れてない。王様はフロリダ水のビンにしたいんだけど、まだちょっぴり香水が残ってるから、ばあちゃんがベッドの下に隠してる。でもとにかくセレスティーノとぼくはフロリダ水を別のビンに移しかえ、その空ビンを城に持ってきて王様にするということにしている。そして手に入らないうちは、命令を下す役をまかされるのはお妃様だ。

今夜、〈赤土の城〉でとっても大きなパーティがある。ずいぶん遠くからでも、王国の四隅できらめくたいまつがちらちらするのが見える。女の人たちはとっても長いドレスを着て、胸と頭にたくさんの花をつけてる。男の人たちはとってもしゃちほこばってて、両手を背中にまわして歩きまわり、挨拶をしながら、絶対に歯が見えないように唇を引いただけの頬笑みをうっすら浮かべる。音楽が初めて聞こえだすと、階という階から招待客がどんどん降りてきて、やがて大広間はいっぱいになる。

セレスティーノとぼくはそのパーティを見たり、お菓子をいくつか食べたりするために、城の門まで行く。門に着いて中に入ろうとすると、見張り番たちが大きな剣でぼくらを引きとめ、「下がれ！」と叫ぶ。

「なんてばかだ」とぼくは門番たちに言う。「この城を作って、あんたたちを作ったのはぼくらだってことが分からないの？」

でも見張りたちは態度を変えずに「うせろ！」と叫んだ。それもひどく真面目な口調で、おまけにぼくらの胸にきっちりねらいをつけているので、ぼくらはもう一言もしゃべれなかった。セレスティーノとぼくは見つめ合い、大きな階段を降りはじめた。そこはまだマドルライラックの花のいい匂いがしていたけど、花の咲いたばかりのその木の、とっても高いところにある小枝を切るのはたいへんだった。

「下がれ！」とまた見張り番たちが言った、もうぼくらは離れてたんだけど。そしてそのときぼくは大声で笑いだしたくなった。でも笑わなかった。そんなことをすると見張りたちが気を悪くして、たぶんその場で殺されるかもしれないと思ったから。いちばん下のところ、つまり大きな家を作ってる最初の石が並びはじめてるところに来たとき、ぼくらは立ち止まった。すると、少し遠くから、招待客たちの楽しそうなひそひそ話や笑い声に混じって、音楽のざわめきが聞こえてきた。みんながバルコニーに出て、ほとんど闇の中で踊りだすところが突然見えた。音楽はときどき、もっとはっきりした——たぶんぼくがそう思っただけなのかもしれないけど。それからほとんど聞こえなくなった。ぼくはセレスティーノの顔を見つめた。とっても真剣だった。

「どうしたの？」とぼくは、口を開けずに、聞いた。

「この城はまだできあがってない」とセレスティーノは、ぼくがしたのと同じやり方で答えた。

「どうしてそんなことを言うの？　なにが足りない？」

「とっても大切なもの。ぼくらはばかだったんだ！」

「足りないものって、なに？　言って」

「なんだと思う？　墓場さ」

「ほんとだ！……」

そうしてぼくらはじっと見つめ合い、やがてついに口を開いて、話を始めることにした。

「明日、城を仕上げなくちゃいけない」とセレスティーノはぼくに大声で言った。音楽のせいでほとんどなにも聞こえなかったから。

「なにが足りない？」とぼくは知らないふりをしながら聞いた。

「墓場……」と彼は、とっても薄いゼニアオイを食べながら、そっけなく答えた。

「ああ、ほんとだ」とぼくは言った。「いいよ、とにかく明日作れる」

そしてぼくらはカポックの木から走り去った。もうずいぶん遅かったし、そのあたりには、暗くなると両手をまっすぐ前にのばした白ずくめの女の人が出てくるって話だから。ぼくはほんとかどうか知らないけど、でもぼくのかあちゃんの話だと、その女の人に頬笑みかけられた人は夜が明けると死んでるという。


今朝はすごい霧！　ぼくらは手探りで城のほうに歩きつづけるけど、目印となるのは雲と混じっているでっかい白い塊で、まちがってなきゃ、それがカポックの木。ぼくにはセレスティーノが見えないけど、すぐ近くを歩いてるのは分かっている。ときどき息をしてるような音が聞こえるからだ。家からはママとばあちゃんの声が聞こえてくる。朝食を食べにおいで、と必死に呼んでる。でもぼくらは気にしない。お腹はすいてないし、ぼくらがしたいのはカポックの木まで走っていって城を仕上げ、もうすぐクリスマスのお祝いにやってくるいとこたちに見せてやることなんだ。そのパーティはものすごい騒ぎ！　セレスティーノとぼくはリストを作って、たくさんのクリスマス菓子《トゥロン》やワインまで頼む。おじいちゃんがぼくらにワインを買ってくれないのはほぼ確かだけど。でもとにかく、そんなことはどうでもいい。おじいちゃんがぼくらのために買うのがいやなら、そのときはクリスマスイヴの日に、どさくさにまぎれて、だれにも気づかれないようにして盗むんだから。セレスティーノとぼくがいっしょに過ごすクリスマスイヴは今度が最初。どんなに楽しいことだろう！……ママとばあちゃんの怒鳴る声がいまはもっと大きくなる。だんだん霧は薄くなっていく。よかった！　でっかい白い塊はカポックの木だ。ぼくらは足で城を壊しそうになってる、それくらい近くにいた。

「おーい、朝ご飯食べにこないのかい！」

「あのセレスティーノがここにいるようになってから、もうあたしの言うことなんか聞きゃしないんだから！」

「とんだ災難だよ、あんな厄介者、しょいこんじゃって！」

「ねーえ！　ねーえ！」

ママとばあちゃんはカポックの木のてっぺんによじ登ってて、そこからぼくらを大声で呼んでる。でもぼくらは気にせず、まるで耳が聞こえないみたいにふるまう。もう時間をむだにできないもの。なにしろ城に墓場を作ってやってないし、きょうの午後までに仕上げなくちゃいけないから。

セレスティーノは汗まみれになってる。セレスティーノはすごくたくさんの石を拾い集め、赤土をもっと掘りだし、墓を仕上げられるよう、とっても大きな穴を開けた。それというのも、いまある土では少なくて、始めるわけにもいかないし、セレスティーノが言うには墓場はとっても大きく、城よりずっと大きくなくちゃいけないから。なにしろ、みんな城よりも長いこと墓にいることになるのだし、居心地よく感じなくちゃいけないのだから。ついさっきばあちゃんとママは小枝をぼくらに投げはじめた。ふたりを静かにさせるには石をぶつけてやるのがいちばんとぼくは考える。でもセレスティーノは、城の泥壁を壊さないかぎり、いちばんいいのはふたりにかまわず、あの上に放っておくことだと考えてる。

ついに墓場が完成した。ほんとに大きい！　あんまり大きいので、一目で見渡そうとしても見えないし、その大きさの感じをつかむにはずいぶん歩かなくちゃならない。どう考えたらいいのかぼくには分からないけど、これじゃいくらなんでもでかすぎるみたい。この墓場に埋められるようにどこからビンをたくさん持ってきたらいいんだろ？　カポックの木は墓地の真ん中になって、その枝の高いところでは、ばあちゃんとママが泣きはじめてた……。ぼくのかあちゃんがとってもかわいそう、カポックの木のとげがきっとお尻を刺してるはずなんだけど、ぼくは登って助けてあげられない。かあちゃんが降りるなら、ぼくは上にいなくちゃならないんだけど、ぼくはカポックの木によじ登ったまま一生を過ごしたくない。それにこの木はなおさら。というのも、ばあちゃんの話だと、この木は魔法をかけられてるし、地区中の避雷針の役をしてるから。まっぴらだ。雷はほかの人に落ちればいい、ぼくにじゃなくて。

「急いでこっちに来いよ」とセレスティーノが墓地のひとつの角から言う。ぼくは駆けだし、首まで泥だらけにして、セレスティーノが待ってるとこまで行く。すると、墓地でいちばん大きな墓の上に坐っている。「見ろよ、すごくでっかい墓だろ」とセレスティーノは言う。「知らないまに作っちゃったんだ。ここにはふたりいっしょに入れる。来いよ。ほんとかどうか、寝て確かめてみよう」

ぼくらはマドルライラックの花に飾られた巨大な墓に横たわった。そして二、三世紀たったあと、ぼくはセレスティーノを見つめ、叫び声を上げる。するとセレスティーノはぼくを見つめてとっても大きな叫び声を上げる。すると魔女の合唱隊《コロス》が近づく。歌いながら、歌いながら、歌いながら……。魔女のコロスが歌う、そしてそれからぼくらにキスした……

魔女のコロスがきょうぼくらにマドルライラックの枝を持ってきた。

魔女のコロスがでっかいぬかるみの上で踊った。

魔女のコロスがぼくらといっしょに寝て、「元気？　元気？　元気？」と言った。

「ほんとに大きいね」とぼくは笑いながら言った。するとセレスティーノはとっても大きな声で笑った。あんまり大きいので、ぼくのかあちゃんとぼくのばあちゃんはびっくりして飛び立ち、カポックの木からまるでふたつの蒸気みたいに逃げだした。

「ふたりで入れるよ」とぼくらは同時に言った。そのあとはもううんともすんとも言わなかった。おたがい、相手の言うことがもう分かってた。だったら言う必要なんかないもの。そしてぼくらは、その墓に入り込んで場所をとってた一匹のアリを追い出しはじめた。見せたかったね！　とってもおかしなアリでぼくらに「どんな調子？」なんて言い、中に入る許可さえ求めた。でもいちばんしゃくにさわったのは、許可を求めたときに、ぼくらの答えを待たずに入ってきたこと。そしていまぼくらはそのアリの後ろを必死になって追いかけてるんだけど、とってもすばしっこくてそこから出たがらない。ようやく、セレスティーノとぼくはその足をつかまえることができ、はずみをつけて外に放りだそうとして宙に持ちあげる。そしてもう放りだすというときに、アリは後足でぼくらをくすぐりはじめ、とっても笑わせたので、アリはぼくらの手から逃れることができた。そしてそのあともぼくらをくすぐりにくすぐったので、セレスティーノもぼくもお腹が痛くってたまらなくなり、とてつもなく大きな声で笑いつづけ、その笑い声のばかでかさに、おたがいの耳をふさぎあった。「なんていやなアリだ」と、笑いつづけながら、ぼくは思ったけど、長いあいだに、おまえは笑いに笑うこと以外、学ばないだろう。

——ダシーネ

そのアリも心が読めるみたいで、いっそうぼくをくすぐる。ぼくはもうたまらなくなって、うめき声を上げ、マドルライラックの花を張った壁を背に身をよじりはじめる。やがてとうとうアリはくすぐるのに疲れたのか、ぼくらにかまわなくなる。でももうぼくらははずみがついてて、たとえだれにもくすぐられなくっても、笑いを止められない。


「暑くてたまんない。カバーをとろうよ」

「でももうなにもかぶってない……」

「とにかく暑くって息がつまるよ」

「春だもの」

「ここはこんななんだ」

「変えるためになにしかなくちゃ」

「うん。ふたりで同時に考えよう。なにか思いつくかな……」

「じゃあ……」

「もう考えてる？」

「いや」

「ぼくも」

「もう一回、やってみよう」

「もういいか？」

「まだ」

「三回手をたたくから、三回目が終わったら始めよう」

「もういい？」

「うん……」


　アチャス。アチャス。アチャス。アチャス。アチャス。アチャス。アチャス。アチャス。アチャス。アチャス。アチャス・アチャス・アチャス・アチャス・アチャス・アチャス・アチャス・アチャス・アチャス、アチャス、アチャス、アチャス、アチャス、アチャス、アチャス、アチャス　アチャス　アチャス　アチャス　アチャス　アチャス　アチャス　アチャス　アチャス　アチャス　アチャス　アチャスアチャス　アチャス　アチャス　アチャス　アチャス　アチャス　アチャスアチャスアチャスアチャスアチャスアチャスアチャスアチャスアチャスアチャスアチャスアチャスアチャス……


「もうほとんどお昼だけど、全然寝てない」

「ぼくも」

「春を消させるためになにか思いついた?」

「ああ」

「どんなこと?」

「あ、忘れた。でも、真夜中にすごいことを思いついたんだ!……」

「でも、それじゃ、どうして言わなかった?」

「言った。覚えてないか?」

「うん」

「でも言ったんだ。つまり、きみも忘れたってことさ」

「また思いつくかどうか、もう一度寝てみようよ。そして思いついたら、急いでぼくを呼んで」

「分かった。ぼくはもう寝てる」

「ぼくも」

「もう夢を見てる」

「もう夢を見てる」

「浮かんだ!」

「聞こえる! でもすぐに忘れちゃう。言葉が浮かんでもパッと消えてつぎの言葉になっちゃう。だから覚えてるのはいつも最後のだけ。夢をそっくりひとつの言葉につめこむようにしたらどう、そうすりゃ忘れないかもしれない」

「できない」

「やってみてよ」

「できない。とっても長い夢なんだ」

「とっても長い……」

「一言じゃ言えないんだ」

「一言……」

「それができたらいいんだけど、できない」

「できない……」

「あのね、その夢はほんとに長いんだ、目が覚めてもまだ夢を見おわってないくらい」

「夢を見……」

　アチャス　アチャス　アチャス　アチャス　アチャス　アチャス　アチャス　アチャス
アチャス　アチャス　アチャス　アチャス　アチャス　アチャス　アチャス　アチャス
アチャス　アチャス　アチャス　アチャス　アチャス　アチャス　アチャス　アチャス
アチャス　アチャス　アチャス……


「きみ、だあれ？」とぼくは言った。

「小妖精」と小妖精が答えた。

「なんの用？」

「お妃様の指輪」と言った。

「なんのお妃様？」

「指輪のお妃様」


一月は事情がとっても変わる。信じられないかもしれないけど、一月だけはほかの月とちがってどの月とも似てない。ちがってるんだ！　なぜ？　ああ、それは分からない。でもちがってるってことは分かる。アドルフィーナは白い泥をぬりたくりながら歌う。そして、一月には「このコルク頭《ばか》」と言ってぼくを棒でたたくおばあちゃんの声さえ違ってる。セレスティーノも変わる。ばかげてるって言うけど、セレスティーノが変わることをぼくは知ってる。今月、セレスティーノは、いつものように、木の幹に書いてる。でもなんて言うか……、やり方が違うし、ほかの月ほど速く書かない。たぶんこの時期はほかのときより暑くないからだ。それとも、たぶんピンギンの茂みがヒルガオだらけになってあんまり白くなるので、だれもピンギンの茂みだなんて思わずに、いろんな大きさのヒルガオの山があると思うからかも。ぼくは〈土を踏まずに〉ヒルガオの上を歩くのが大好きで、いつもセレスティーノを誘って遊ぶけど、負けるのはいつもセレスティーノ。というのもその遊びはもうぼくの頭に入ってて、どこに足をおいたらいいのか分かってるから。ほんと、この月はちがう！　そして東方の三博士がやって来たんだけど、ぼくにはなにひとつ持ってきてくれなかったことも、日ごとぼくらが飢え死にしかかっていくことなんかももう思いだしさえしない。今月はなんていい月なんだろ！　残念なことにこんな一月にならない年もある……。いまぼくはエビスグサの茂みの中を走りまわったり、その上にひっくり返ったり、立ち止まっては走りつづけたり、ボダイジュの木のてっぺんに登って、そこから地面に向かって頭から飛び降りたりすることができる。石ころだらけの地面にたたきつけられる直前までまっさかさま、そのとき目にするものはほんときれい！　ボダイジュの木のてっぺんまで登り、頭から飛び降りて、違ったふうにものを見るのは、やっててあきない。もう何度も飛び降りてるので、いつも同じに見える、そうなるともう足を下にして歩きつづけるしかない。それでも、ときどきセレスティーノとぼくはあきる。足を下にして歩いたり、崖から崖へと跳んでいくことに。そのときは木から木へとかかってる蔓をたよりに片足跳びで橋（一本の丸太でできたやつ）を渡るんだけど、下では川がざわつき、「落ちろ」「落ちろ、そしたらここで粉々にしてやる」と言う。ぼくらはあきる。そんなときは、一月にやるみたいに、ぼくらはまた飛び立つ。そして飛ぶ。とっても高い雲よりも高いところまで上がる。そしてぼくらをびっくりして見てるだけのヒメコンドルをいじめはじめる……。ある日、雲のずっと上を飛んでるとき、ぼくはヒメコンドルの足をつかんだ。ほんとうにつかんだんだ。そして力いっぱい引っぱってやった。すると突然そのヒメコンドルは怒ってぼくに襲いかかり、つっつきだした。そのときぼくは、捕まえたヒメコンドルがぼくのかあちゃんとぼくのばあちゃんであることに気づいた。いったいどんな魔法にかかったのか知らないけど、そんな高いところを飛んでたのだった。

つっつかれなくしようとして、ぼくはとっても高く舞いあがった。

「このろくでなし」とぼくのかあちゃんとぼくのばあちゃんは何度も繰り返す。雲のあいだで甲高い声をあげたり、怒り狂って飛びまわったりしながら。「捕まりな、地面にたたきつけてやるから」

でもぼくを捕まえなかった。ぼくは空中で四十回しかめっ面をして、ようやく本物のヒメコンドルの足をつかんで、うまく逃げることができた。

地面に着いて目を上げると、ぼくのかあちゃんとばあちゃんの大きなヒメコンドルがセレスティーノをつっついてるのが見えた。そこでぼくは助けにいくために飛び立とうとした。でもどんなにやってもなかなか飛び立てず、もうできそうだというとき、じいちゃんがやってきて、いつものスツールに腰かけ、「足を洗う水を持ってこい」と言った。ぼくは出かけて、水を持ってきたけど、空を見つめるともうヒメコンドルたちは姿を消してた。そしてセレスティーノも消えていた……。この一月って月はほんときれい！　セレスティーノはずいぶん早く起き、ノミをつかんで、小川に降り、木の幹に落書きしはじめる。ぼくもとっても早く起きて、道の真ん中で見張りにつき、斧をかついでじいちゃんがやってくるのが見えると、セレスティーノに言い、ふたりして急いで逃げだし、シロガネヨシの中に隠れる。そう、ほんとにこの月が最高！　セレスティーノは落書きしてるときには口笛を吹いたりなんかするし、ぼくは楽しい気分になりはじめる。

とっても楽しくなって、いつかセレスティーノは書きおわると思う。そうなったらぼくらはまた丘のダイオウヤシの上で横になったり、いまぼくらは考えてるんだけどずっと大きな城を作ったりするんだ。そんなことを考え、セレスティーノがもっと早く終われるよう、よかったら手伝おうか、と言う。ああ、とセレスティーノはいつも答えるけど、知ってのとおり、ぼくは書き方を知らないので、なんにも言えない……。するととっても悲しくなって、また道を見張りはじめる。そうして自分がばかだってことを忘れていく。そして忘れかけていると、道をやってくる人影が見え、震えだす。斧を背負ったじいちゃんだと思うから。でも、ちがう。近づいてくるのはとっても年とったじいさんだ。そのじいさんは手探りしながら歩いてきて、ときどきつまずいて地面に倒れる。地面に倒れるときまって跳ね起き、笑いだし、つまずいた石がそんなに大きくないと、さっと口に入れ、一気に飲み込んでしまう。でも石がとっても大きいと、その上に乗って、わけの分からない言葉を口にする。ぼくがどんなに耳をそばだてても、そのじいさんがぶつぶつ言ってることはなんにも、これっぽちも分からない。つまずいたり、笑ったり、ぶつぶつ言ったりしながら、ついにぼくのいるところまでやって来る。

「あっとビックリ!」とじいさんは言うと、倒れて、ぼくの足のそばに頭をぶつける。でもすぐに立ちあがり、頬笑むのをやめて、しばらくぼくを見つめ、そして狂ったように川床を駆けまわる。ぼくはぼうっとして、じいさんが岩場に消えるのを見つめる。でもすぐにぼくはしゃんとして追いかける。そしてついに追いつく。そのじいさんはぼくを見つめ、それからときどき川の流すべてがいま彼の脳裏に浮かぶ。避けることもできず彼はため息をつき、涙を流す。

——『ローランの歌』

れに洗われる岩の上にとってもゆっくり腰を降ろして、泣きはじめる。

　ぼくらはほとんど夜になるまで泣く。ぼくらは泣く、というのもぼくは泣いてる人を見るとすぐに涙が出て止まらないからだ。ほかの人が泣くからぼくが泣く、それが分かるといつもぼくのかあちゃんは「悪い癖ね」と言う。でもぼくはそうするのが好きだ。好きじゃなくても、とにかくぼくはそうしなくちゃいけないのかもしれない。

「わしは一月だ」とそのじいさんは言う。すると、突然、ぼくは死んだ人と話をしてることに気づく。「頼む、大声をあげんでくれ」とその死者はぼくに頼む。「おまえが叫ぶと、わしも叫びはじめるんだ。というのも泣いてる者を見るとわしも涙が出はじめるんでな」

　そのときセレスティーノが山からやってきた。両腕をのばし、いつものように、胸の真ん中に千枚通しを突き立てて。ちょうど針刺しの針みたいに。

「わしは一月だ」とその死者はまた言った。

　セレスティーノはぼくに近づいた、両腕をのばして、『わしは一月だ』

　セレスティーノはぼくに近づいた、両腕をのばして。

「わしは一月だ」

　セレスティーノはぼくに近づいた、両腕をのばして。

「わしは一月だ……」

岩から岩へと跳び、崖や切り株のあいだを駆け抜け、セレスティーノとぼくは牧場を横切る。その死者はまだぼくらのあとに続き、ときどきぶつぶつ言う。

「あいつは一月だよ」とぼくはセレスティーノに言う。「どうして待ってやらないんだ、ぼくらにとってもよくしてくれたよ」と言いたいんだけど。でもセレスティーノはぼくの言うことを聞いていず、いくつもの月を見つづける。

「ゆうべ」と彼は言う。「月のひとつを探しにいくためにきみを何度も呼んだんだ。でもきみは起きようとしなかった」

「きみはきっと夢を見てたんだ。ぼくはゆうべぜんぜん寝れなかったんだから」

「そんなことない。夢見てたんじゃないってことは分かる。だってクモたちがいつものように歩いてたから、家の屋根を……」

「わしは一月だ……」

「じゃ、寝てなかったのなら、どうして起きてなかったんだろう?」

「たぶん寝ていないってことを夢見てたんだよ」

「そんなことない、夜の暗闇の向こう、屋根のずっと上を横切っていくクモたちがとってもはっきり見えもしたから」

「わしは一月だ!……」

その死者は、ずっと後ろになって、だんだん小さく見える。セレスティーノはひどく悲しんでいた。ぼくが振り返って、来いという合図を死者に送ったりしたから。あいつは一月なんだよ、とぼくは喜ばせようとして、セレスティーノに言った。でもぼくを相手にせず、悲しそうな顔のままだった。もう夜明けというときに家に着いた。というのもぼくらはいつのまにかずいぶん遠くまで行ってしまい、帰り道はきまってもっと長くなるから。それに家をよくまちがえ、自分たちの家と思い込んでほかの家に行ってしまうことがある。いつだったか家に着き、ベッドに入って横になったとき、自分たちの家じゃないと気づいた。天井にクモが一匹もいなかったから。ぼくらの部屋じゃないみたい、と言ったとき、セレスティーノはもう眠りかけていた。セレスティーノはベッドで飛びあがり、壁のすきまをのぞいて、ほんとだ、と言った。そしてぼくらはぼくらの家そっくりの変な家から飛びだした。どうしてまちがえたのかいまも説明できない。というのもその家は居間の真ん中に井戸があって、井戸べりにはとっても小さな女の人がいてビンで水をくみあげていたから。ぼくらが部屋を出るのを見てその女の人は井戸の後ろに隠れ、大声を上げはじめた。「あっちに行って、あっちに行って」と言って。そして実際、その女の人の言うとおり、ぼくらはそっちに向かって、全速力で走っていた。でも結局、ぼくらは家に着いた！　その静かなこと！　セレスティーノとぼくが、ぐったりして、同時にベッドに倒れ込み、頭までシーツをかぶっても、きょうは南京虫がマットレスではねさえしない。

「おかしいな、じいちゃんが枕の下に斧を置いてない！」

「ほんとだ。忘れたみたい」

「いま書いてるもの、いつか終えられると思う？　もうぼくはすごく恐くなってきてるんだ。じいちゃんはぼくらの後をつけてるし、いつなんどきぼくらをミンチにするかもしれないし」

「まだ足りないものがあるんだけど、それがなにか分からないんだ。でも始めるとこっていうような、もうそんな感じ！」

「もうぼくらに逃げ道はないんじゃないかな。きのうだって、おばあちゃんが台所で鳩を生き埋めにしてるのを見たし……」

「まさか！……」

「ほんとだよ。見たんだ」

「かわいそうな鳩、どうして掘り起こしてやらなかった？」

「そうしようとしたんだけど、とっても恐くなったんだ。それにばあちゃんは、占い師みたいで、果物ナイフをつかんで、『その生きた鳩を掘りだせるもんなら掘りだしてみてごらん。そんなことしたらおまえを捕まえて、雄羊みたいに首を切ってやるから！』なんて言ったんだ。だからぼくはあえて掘り起こさなかった。ばあちゃん、言ったとおりにしそうだったから。だれが見てもおっかないような顔をしてたんだ」

「いますぐ掘り起こそう！」

「もう死んでるにきまってる」

「いいや。きっとまだ息をしてる」

セレスティーノはなんてばかなこと考えるんだろう。ばあちゃんがきのうの朝埋めた鳩が、きょうもまだ生きてるだなんて。でもとにかくぼくはいっしょに台所に行った。家が家だけに部屋にひとりでいるのがとっても恐かったから。白ずくめ女じゃなかったら人の声を出す犬か、人の頭をしたクモか、とにかくなにかがいつも現れるんだもの。いやだ、ぼくはなにがなんでもひとりじゃいたくない。

「ばあちゃんが鳩を埋めたの、台所って確かか？」

「うん、絶対確か。かまどの脚のひとつのそばに埋めたんだ」

「どのかまど？」

「そのかまど」

「ここにはかまどなんかない！」

セレスティーノとぼくは抱きつきあう。するとおたがい恐さのあまり体を震わせ、歯をカタカタ鳴らしてるのが分かる。またぼくらは家をまちがえてたんだ。身を寄せあい、宙を手探りしてかまどを作りだそうとしていると、やがてすごい笑い声がとっても近くで聞こえる。一月が両手でカンテラを持って現れる。

「おいで」と一月は言う。「ついさっきおまえたちがわしのベッドで寝るのを見て、わしは大きな蛾をカンテラで捕まえに玄関に行った。このあわれな連中はいつもカンテラの光のまわりをグルグルまわりだして、やがてもうそれ以上飛べなくなるとカンテラの火の中に突っ込むんだ。おいで、カンテラはもうほとんど油がないから」

いまぼくらはカンテラのまわりを走ってるけど、もうすごい速さなので、まるで一ヵ所にいるみたい。

ぼくはカンテラの芯を見つめる。頭から飛び込もうという気になる直前。カンテラの芯を見つめる。一瞬のあいだにもう二、三回まわり、そして、最後に、カンテラに飛び込む。セレスティーノは悲鳴をあげる。そしてカンテラの芯はぼくが着く前に消える。

「おまえたちの思いどおりになったな」と一月は言い、消えたカンテラを片隅に放り投げる。「思いどおりになったな。だがよく聞け、いまからわしはおまえたちにひとつの言葉を言うが、おまえたちは聞いたとたん忘れてしまう。よく聞くんだ……。もう忘れたな。わしがどんな言葉を言ったか、それを思いだす日には、おまえたち自身、炎につつまれることになる」

そしてその言葉を言った。

そしてぼくらはすぐに忘れた。

そしてぼくらはその家からあわてて逃げだしたけど、一月はとってもでっかい笑い声をあげていた。「いずれいつかおまえたちはわしの言った言葉を思いだす。いずれ思いだす」と言いながら。

そしてようやくぼくらの家に着いた。まさしくぼくらの家でしかなかったから。中に入るとベッドでぼくらが寝てるのが、頭をすっぽりシーツでくるんで夢を見てるのが見えた。世界の言葉を全部忘れて、いまでは身振り手振りやしかめっ面だけで理解しあってるところを夢に見てるのが。

終

いまぼくらはほんとに飢え死にしかけてる。芽を出したトウモロコシは一本も立ってないし、棚にはかぶりつけそうなものはなんにもない。ばあちゃんはだんだんやせてきてて、もう両足で立っていられないくらい。かわいそうなおばあちゃん。きのうだってかまどの前で倒れて立ち上がれなかった。それくらいお腹がすいてた。そのときママが助けに行ったけど、ママもガリガリで、ばあちゃんのそばにへたり込んだ。ふたりは床で、立ち上がることもできず、ちょっとのま見つめあった。そしてぼくはママの目からばあちゃんの目へと稲光が走ったのを見た。でもだれにも教えられなかった。稲光はすぐに消えたから。そのときぼくはばあちゃんとママを起こしたくなった。起こしたかったけど、その気にはなれなかった。ふたりを起こそうとしたら、いっしょに倒れて立ち上がれそうにないと思ったから。

ほんとにぼくらは飢え死にしかかってる。おばさんたちはみんなこの地区から出ていってしまい、訪ねてさえこない。最初におばさんたちに声をかけた男と行ってしまった。アドルフィーナだけが残って、白い泥をぬりたくって顔のくぼみをうめていた……。じいちゃんは、なにか食べ物を探しに、ずいぶん朝早くから山に向かい、袋をかついで帰ってくるけど、中はからっぽ。「わしらどうなるんだ」とじいちゃんが火の消えたかまどの向こうで言うのが聞こえた。じいちゃんは絶対に泣かないんだけど、もうちょっとで泣きそう。そのあと中庭に出たけど、もう中庭には木もなにもない。切り倒してしまったからだ。じいちゃんは中庭を歩きまわり、そして井戸まで行って、しばらく井戸の囲いにもたれていたけど、最後にバケツをつかんで、井戸に放り込み、水をいっぱいくみ上げて、お腹がいっぱいになるまでがぶがぶ飲んだ。

セレスティーノはなにも言わないけど、あまり長いこともちそうにない。ぼくは道路に出て施しを求めるけど、だれも一銭もくれない。ぼくらだけが飢え死にしかかってるわけじゃないから。この地区全体がそう。この二年あまり、この地区には一滴の雨も降ってないし、もうちゃんと立ってる牛もいないから。じいちゃんは切り倒さなかったけど、食べるには苦すぎる葉っぱをつける遠くのわずかばかりの木々だって黄色になってる。家ではぼくらはみんなとっても早くベッドに入って、食べ物の夢を見ようとするけど、全然だめ。お腹がすきすぎて目を閉じることもできない。ぼくはあれこれ考えはじめるけど、どう考えても結論はひとつ。ぼくらはおじいちゃんを食べなくちゃいけない、なぜって、いちばん年寄り、だからいちばん長く生きてることになるんだから。ぼくはそんなことを考えはじめるけど、だれにも言わない。それに、そんなこと考えてると恐くなる。年の順に始めたら、遅かれ早かれ、ぼくの番が来るもの。遅かれ早かれだれかがやって来て、「あんたを食べるときが来た、もうあんたがいちばん年上だから」と言う。だからぼくは自分のこの考えをだれにも言わないけど、どんなに追っ払おうとしても、頭の中でぐるぐる回ってる。そしてセレスティーノに何度か言おうとした。どう答えるか聞きたくて。

ずいぶん朝早く、ぼくらはみんな食べ物を探しに山に出かけた。最初に見つけたのはじいちゃんで、石の下にあるアーモンドの種だったけど、いったいどうやってそんなとこにまぎれ込んだのか、ぼくには見当がつかない。でもじいちゃんはその種を食べられなかった。なぜなら、ばあちゃんがすぐ近くにいて、じいちゃんの手からそれをひったくり、大げんかになったところへ、ママがフジバカマの細い枝を杖がわりにしてやって来て、アーモンドをつかんで、一気に飲み込んでしまったから。ばあちゃんはぼくのかあちゃんと言い争いをはじめた。小さな声だったけど(もう大声を上げる元気がなかったから)、怒りに満ちてた。そのあと、ばあちゃんは地面を掘りはじめた。というのもばあちゃんの話だと、アーモンドの種が自分の足の間を走り抜け、地面に穴を開け、おびえてもぐり込んでしまうのが見えたという。でもだれも相手にしなかった。きっとお腹がすいて妄想をいだいてるにちがいないから……。ようやくお昼ごろになってセレスティーノとぼくはケブラコの木に一枚の緑の葉を見つけ、急いでよじ登ってもぎとろうとしたけど、てっぺんに来ると、それが葉っぱじゃなくて、とってもきれいな鳥なのが分かった。その鳥はぼくらを見るとすぐ飛び立ち、空中に消えた。セレスティーノとぼくはなにを言ったらいいのか分からないまま、とっても真面目な顔で見つめあった。ぼくらふたり、同じことを考えていた。**腹がへってるせいでおかしなものを見させられる。**「あの鳥、なにを食べて生きてるんだろ」とぼくは木から降りてるときに言った。

その日一日、ぼくらはなんにも見つけられなかった……。もう百年あまり前からなにひとつ口にしていない気がする！　もうぼくらは、ぼくのかあちゃんがまだ話す元気があったころ言ってたように、**かすみを食って生きる**ことに慣れてる。

いまではなにもかもがひどく穏やかなので、ぼくらは死んでるんじゃないか、だからこんなふうにつぎつぎに百年が過ぎ、まだ自分の足で立って食い物を探しにでかけてるんじゃないかとぼくは思った。もうぼくらは寝てない。ずいぶん前に眠気を蹴とばしてからは、もう寝ていない。いまぼくらがするのは家を出て、食い物を探しはじめることだけ。なんにも見つけたためしがないけど。

いまぼくらは犬みたいに四つんばいになって歩く。そう、覚えまちがいじゃなかったら、犬というのは、蝶々と同じで、四つんばいになって歩いてるやつだ。そんな気がする。よくは分からないけど。ぼくらにほえかかってきた最後の犬を食べてからずいぶんたつので、どんな恰好をしてるのかほんとにもう思いだせない。それでもこんなんじゃなかったかな。犬ってのはとっても白い顔をしてて、たいていいつも頬笑み、四つんばいで歩く、でもそれは二本足で歩けないからじゃなくって（というのもその気になれば飛んだりなんかすることもできるから）、とっても臆病なので、二本足で歩くときはとっても不安な気分になるせい。世界で最後の犬は、ぼくのじいちゃんが手まねで教えてくれたんだけど、なにもかもが怖いので、ちょうど大蛇みたいに、地面をはいずってた……。でもぼくらは恐くてはいずってるんじゃない。お腹がすいてるからだ。はっきり覚えてるけど、お腹いっぱい食べてたころ、ぼくらは好きなことをしてた。あるとき、ぼくは月に行きたくなって月に行った。でも月に着いたとたんぼくはまわれ右をした。というのも足をつけたとき、ぼくのばあちゃん、ぼくのかあちゃん、おばさんたち全員、そしてじいちゃんがホタルみたいにまたたいているでっかい岩に坐ってるのが見えたから。ホタルみたいに……ホタルみたいに？　そう、夜ホタルみたいに。というのも昼ホタルもいるから。だれもそれを見たことがないんだけど、ぼくはそれがいるのを知ってる。そして昼ホタルってのはゴキブリのことで、光らないからみんなが殺すんだってことも。

「あたしたちは千年以上もおまえを待ってたの」と、ぼくが月に足を降ろしたとき、ぼくのかあちゃんが言った。「千年」という言葉を聞いたとき、ぼくはすごく恐くなり、また家に向けてひとっ飛びした。そして家に着くと、ぼくのかあちゃんがドアの向こうから、両手をのばして、言った。「とうとう来たわね、あたしたちは千年以上もおまえを待ってたの」

そのときぼくは悲鳴をあげた。そう、とっても大きな悲鳴をあげたことを覚えてる。でもまだセレスティーノは生きてて、ぼくに頬笑みかけた。ほかの人たちが千年待ってたとぼくに言ったとき、ぼくに頬笑み、「やあ」と言った。なにもかもがばあちゃんの魔法に過ぎないことにぼくはそのとき気づいた。セレスティーノが「やあ」と言うと粉々になってしまうような。

やあ。

やあ。

やあ……。セレスティーノは、やあ、としか言わなかった。まるでぼくが家を出てから五分しかたってないみたいに。

やあ！

もうぼくは自分がはいずり歩きださなくちゃいけないときにそなえている。というのもこの先長いこと四つんばいになって歩いていられそうにないから。家族はみんなぼくと同じで、少しずつ練習を続けてる。腹を地面につけて、とってもゆっくりはいずる。まるで生まれたてのトカゲみたいに……。そしてぼくをほんとのトカゲとまちがえたのか、じいちゃんはぼくの首を切ろうとさえした。ぼくは吹きだしたけど、すぐにとっても真面目になった。というのもじいちゃんはぼくをだれともとりちがえていない、ぼくのふいをついて首を切り、死んだらぼくを食べるつもりなんだと思ったから……。そう、最悪なのは、ぼくらはおたがい怖がってるってこと。ぼくはほかの人たちに食われるんじゃないかと心配し、ほかの人たちはぼくに食われるんじゃないかと心配してる。そうでなきゃたぶんぼくらはちょっとのま眠れさえするのに。でも、まさか！　そんなこと考えちゃいけない。だれがこの家で寝ようとするもんか。みんながみんないつも目をぎらつかせ、口からよだれをたらして見つめ合ってるのに。

「いまはこれまで以上に気をつけなくちゃいけない」とぼくはセレスティーノに頭の中で言った。

「ぼくのことも気をつけてよ」とセレスティーノはぼくと同じやり方でいつも答える。

「そしてきみはぼくのことを」とそのときぼくは、声に出さずに、言う。

この家ではそんなことになっていた。

ばあちゃんはまだ十字を切る癖をなくしていず、聖人に会った、とある日言った。その聖人はばあちゃんのところまで来て、顔に触れ、「まだおまえはとてもきれいだ」と言った。ばあちゃんのその新手のばか話にぼくらはみんな笑った。そしてぼくはたぶんその聖人はとってもデブで、食べられるんじゃないかと思い、それを手振りでおばあちゃんに伝えた。

「けだものども！」とそのときばあちゃんは言った。ぼくらはみんな、ばあちゃんがそんな大声で話せることにびっくりした。「けだものども！」とまた言ったけど、もうとっても小さな声だった。そしてまた黙った。

でもそうして黙ってはいたけど、まだ口を開け閉めして、「けだものども」「けだものども」と、声は聞こえなかったけど、ぼくらに向かって言っていた。そしていまはぼくらを見るたび、ひどく暑いときのトカゲの子みたいに、口を開け閉めしはじめる。あんなに年とっててまだ生きてるばあちゃん、なんてかわいそうなんだろう！　ぼくらは絶対死なないってことかもしれない。それがぼくには怖い。ぼくらが永遠だってことが。そうだったらほんとに逃げ道がないから。でもそんなことを心配してちゃいけない。ぼくらは永遠なんかじゃない。なぜってじいちゃんはずっと前から床から起きあがらず、ときどきちょっぴりはいずるけど、一メートルも歩けないからだ。ぼくらはみんな目をぎらつかせ、口からよだれをたらしておじいちゃんを見つめる。でもまだぼくらにはできない……。

セレスティーノは今夜片耳をくれた。もうちょっとのあいだとっといたら、とぼくは言ったけど、すぐにつかんで、いっきに食べてしまった。

じいちゃんはもうほとんど息をしてないみたい。ぼくのかあちゃんはじいちゃんがたくさんの木を切るときに使った大きな斧を持ってきてて、それでぼくらを追っぱらい、目を涙でいっぱいにしながら、「静かにするのよ、分けるから」と言う。口を開けずに、そう言うんだけど、それというのも、もうぼくらはそんなふうな話し方ができるようになってて、とてもよく分かりあえるから。でもぼくは安心していない。かあちゃんは最近ひどくずるくなって、ぼくらが自分たちの足の親指を抜いてそれで食事を作ろうということになった日、小指を抜いて、まちがえた、と言ったからだ。だからぼくはもうかあちゃんをあんまり信用してないし、まるでぼくを飲み込んでるとこを想像してるみたいに、舌なめずりして目をキラキラさせながら、何度もぼくを見つめてるのを知ってる。でも自分の思いどおりになると思わないでほしい。じいちゃんが最期の息をするまでぼくはここを動かないし、そのときにはぼくが最初に飛びかかって、食べに食べ、腹いっぱいになるまで食べて、また前のように**セレスティーノ**と言えるようになるまで食べはじめるんだから……。どうやったら**セレスティーノ**という言葉が言えるんだろ？……。もうぼくは自分がその言葉を口にしてるとこを想像する。そしてとっても楽しくなり、自分が抑えきれなくなって踊りはじめる。埃の中をはいずり、床に舌をはわせながら。そうすれば舌が鋭くなって、また話をする日にはっきり話せるようになるから。

じいちゃんは死にかかっていて、ぼくらはみんなよだれをたらしながら、じいちゃんを囲んでその時を待っている。アドルフィーナはいつになく白い顔をして、ハサミを引きずっている。ぼくのかあちゃんはもう斧を持ちあげ、ばあちゃんは、口を開け閉めしつづけながら、はいずって近づき、じいちゃんの足をかじりはじめる。セレスティーノは目を閉じ、心の中で泣いてる。ぼくはじいちゃんの顔や目を見つめるけど、その目はとうとうたてつづけにまばたきするようになり、やがてたくさんの火花をちらして開いたままになる。

その時が来た。

そしてぼくらはみんな猛獣のように飛びかかった。食い物だ！　食い物だ！　ひさしぶりの、でもぼくはもう時間の計り方を知らないので、**ひさしぶり**なんて言えないけど。ぼくのかあちゃんが斧を振りおろし、ぼくらはみんな、気の荒いアリみたいに、おじいちゃんに襲いかかり、一本の骨さえ残さなかった。アドルフィーナは、まるで使い古した布みたいにはさみでじいちゃんを二回切って自分の取り分をとると、ぼくらをばかにしたように見つめながら行ってしまった。ばあちゃんは、最初の一口を味わうとすごく力を取りもどした。そして話せるようになるとまず「くそっ」と言い、そのあと、「けだものども」「けだものども」「けだものども」と言ったけど、やがて落ちつきを取りもどし、片隅に腰をおろして、その日の午後と夜はずっと泣いてた。ママは、お腹がいっぱいになるとすぐ、はいずり歩きだした。ほかの歩き方を忘れたみたいで、そうやって井戸のところまで行き、水を飲むわ、と言った。でもあとでぼくは井戸が枯れてるのを知った。セレスティーノとぼくは見つめ合い、ふたり同時にひとっ飛びして家の屋根に上がり、そしてすぐ、とっても高い雲よりも高く舞いあがった……。そしていまぼくらは、もう雨が降らないわけを調べながら、ここ、高いところを歩いてる。そしてどんどん高く上がっていくと、やがて山が、褐色がかった地面やぼくら以外のものが見えなくなる。でもぼくらは上りつづける。

「まさか!」とセレスティーノが言った。「見ろよ、すごくでっかい川が襲ってくる」

川じゃないみたいだったので、セレスティーノになにか言おうとしたけど、いとこたちの合唱隊《コロス》がぼくに近づき、「さあ行こう」と言った。そしてぼくがちょっと抵抗したので、いとこたちはベッドごとぼくを引っぱって、突然、家の屋根に放り投げたけど、いとこたちはぼくより早く、もうそこに着いていた。

「まだおじいちゃんを殺したいか?」といとこたちは聞いた。

「うん」とぼくは言った。

「それじゃ気をつけてるんだ。そして夢を見るよりももっと眠るようにしろ」

そしていとこたちはすぐ屋根の虫食いだらけのヤシの葉のあいだに姿を消した。まるで雨の気配を感じるとすぐに隠れるあのヤシ虫みたいに。そして雨が降った。そして雨が降った。そして雨が降った。雨はたくさん、たくさん降って、うやうやしく屋根までやって来ると、ぼくにキスし、何度か首のまわりをまわった。

一月にさよならを言ったあと、セレスティーノとぼくはまたあの終わりのない詩をいっそうがむしゃらに書きはじめた。小妖精は数回もどってきたけど、指輪のことはぼくにたずねなかった。ぼくのかあちゃんとぼくのじいちゃんはぼくらに敵意をあらわにし、なにか口実を見つけて棒でたたいたり耳を引っぱったりしようとしてる。アドルフィーナはもう白い泥で顔と腕を化粧するだけじゃなくて、家中を、居間や通路までも塗ってる。おばあちゃんはかわいそうに、雨がたくさん降った日に、すべって頭から井戸に落ちた。じいちゃんはばあちゃんに水の入ったバケツを持ってこさせようとした。というのも、いつも猫の糞だらけになってる樋から落ちる雨水なんかじゃ足は洗えん、といつも言ってたから。そして家は雨水で水浸しだったけど、井戸水でなきゃだめだ、と言い張りつづけた。そしてばあちゃんがぶつくさ言ったので、じいちゃんは山刀のさやをつかみ、それで二回背中をたたいて「さあ」と言い、それからまた四回さやでたたき、「さあ、さあ、首をひねられたくないだろうが」とまた言う。ばあちゃんはバケツを棒にかけ、その棒を肩にかつぎ、両手を首にまわして外に出た。そしてぼくらが耳にしたのは、ばあちゃんが井戸に落ちたときのバシャという音だけだった。それしか聞こえなかった。叫び声もなにも。ぼくはばあちゃんが井戸の底に激突する前に叫び声を上げなかったのがとっても気になる。たぶんばあちゃんは石を落としといて、いまはどこかの洞穴に隠れ、ぼくらがみんな眠るのを待って首を切りにやって来ると思うから。そんなことをぼくは考えてる。もうセレスティーノには話したけど、そんなばかげたことはもう考えるなよ、ばあちゃんが井戸の底にいるのは確かなんだから、とセレスティーノは答えた。でもぼくはひっかかり続けてて、いつか井戸を干上がらせて、ばあちゃんが底にいるのがほんとかどうか確かめてやる。いまのところぼくは、すごく暑くて汗まみれになるけど、いつも頭をシーツのあいだに突っ込んでいる。でもばあちゃんが生きてるのか死んでるのか考えてる暇はあんまりない。ママとじいちゃんは（ほんとにとっても元気なので）ばあちゃんより危険で、二十ものちがったやり方でぼくらを殺そうとしながら毎日を送ってるからだ。もうセレスティーノもぼくも一晩中目を閉じない。いつなんどきじいちゃんが斧を高くかざしてドアのところに現れ、ぼくらをバラバラにするかもしれないといつも考えてる。

ここ何日か、またひどい霧にもどってる。そしてばあちゃんももどってる。ある日の午後、ぼくらが食事をしてるときに姿を現した。じいちゃんはばあちゃんを見ると、背中に熱湯をかけられた猫みたいにすごい大きな叫び声を上げげた。でもばあちゃんは「びっくりするんじゃないの、ばーか、あたしゃ、幽霊でしかないんだから」と言った。そしてテーブルに着いた。ほんとに幽自分の力を鼻にかけてはならない。白い奴隷のように、それから黒い奴隷のようにこっそり立ち去る、そんな昼と夜とを死が消し去るのをおまえは妨げられはしないのだから

――ムサ＝アグ＝アマスタン

霊みたいだった。一口も食べなかったから。生きてるときはあんなに食い意地がはってたのに！トウモロコシの葉っぱやゆでたバナナが喉につまらないよう、ちゃんと死んでたにちがいなかった。ぼくのかあちゃんはばあちゃんをまったく相手にしなかったし、見もしなかった。「このろくでなしはあたしが死んでも赦しちゃくれない」とばあちゃんは言い、煙となって台所のドアから出ていった。ぼくらは食べつづけた。そしてじいちゃんは、少し気をとりなおしていたけど、あいつはまったくいやなやつだ、**あの女**はもういまじゃ死んでるくせに、おれをそっとしといてくれん、と言った。そのあと夜になり、ぼくのかあちゃんはぼくに井戸へ水をくみに行かせ、花に水をやらせた。

セレスティーノが詩人だということはもうみんな知ってる。そのうわさは地区中に流れて、もうみんなが知ってる。恥ずかしくって死にそう、もう二度と家から出ない、とぼくのかあちゃんは言い、アドルフィーナは、そのせいで夫が見つけられない、と言い、**死んだばあちゃん**でさえトウモロコシしぼり機にとじこもり、生き返ってもここから出ない、と言う。牛乳売りたちはじいちゃんからもう牛の乳は買わず、家の前を通るときにはぼくらに石を投げ、「そら詩人の一家のおでましだ」と言う。そしてばか笑いをしながら行ってしまう。

家の中ではぼくの家族がセレスティーノの消し方を話し合う、そのひそひそ声しか聞こえない。

「あいつを殺さなくちゃならん」とじいちゃんが言う。

「けだものども！」と死んだばあちゃんが応えるけど、それはじいちゃんに反対するだけの理由。

というのもすぐにくすくす笑って、「あたしにまかせな、あたしゃいちばん経験豊富なんだから……」というぐらいだから。

「井戸に放り込んで」とぼくのかあちゃんが言う。すると突然、聞こえるのはかあちゃんの声だけになり、それがだんだん大きくなっていってもうぼくらの耳は聞こえなくなる。「井戸に放り込んで、井戸に放り込んで、
井戸に放り込んで！

井戸に放り込んで！

井戸に放り込んで！

井戸に放り込んで！

井戸に放り込んで！

井戸に放り込んで！

井戸に放り込んで！」

セレスティーノもその声を聞いたけど、人の喉じゃなくて、恐ろしい獣の喉から出てるみたい。どんなにぼくが想像しても姿が思い浮かばないような。そしてぼくは想像しつづける。そしてまた想像する。でも全然……。

『井戸に放り込んで』

『井戸に放り込んで』

『井戸に放り込んで』
『井戸に放り込んで』

アセリン　アセラン
サンファンの木、
ファンの家族はパンをほしがり、
エンリケの家族はねじりんぼう……

もうぼくはその歌を忘れた。ロッキングチェアーの底を編んでるぼくのかあちゃんのとこまで行って、どう続くのか教えて、と言おう。

「ママ、〈アセリン〉の歌、忘れちゃった。また教えてくれない？」
「この子ったら！　また甘えちゃって。あたしが甘やかしすぎたせいね。おいで、膝に乗りなさい」

ママはぼくを膝に乗せた。そして歌いはじめた。ぼくのかあちゃんはなんていい人なんだろ。

まだぼくは歌ってもらいおんぶしてもらうのが好きだ。ママはいつも働いていないといけないんだけど。でも、夜になって、ぼくがめそめそすると、ぼくのとこまでやって来て、どうしたのって聞く。そしてぼくをおんぶすると、揺れてるロッキングチェアーのとこまで運んでいって、お話をしはじめる……。ママが椅子でぼくを揺すって、〈アセリン　アセラン〉を歌ってくれてると、セレスティーノはとっても真面目な顔つきになって、居間のドアの敷居に坐ったまま立ちあがらない。かわいそうなセレスティーノ！　彼には〈マテリレロン〉を歌ってくれる人さえいないし、いつもひとりで寝なくちゃいけないし、頭をなでてくれる人もいない。

「ママ、どうしてセレスティーノもおんぶしてやらないの？」

「もうとっても大きいから」

「ううん、まだぼくと同じくらいちいちゃいよ。見て」

「とっても大きいわ。寝なさい、もう遅いから」

人の話だと、ぼくらは頭がおかしくなりかけてる。ほかの人たちの言うことを信じないのはぼくのかあちゃんだけで、ときどきまだぼくをおんぶしたり、お話をしてくれたりする。たいていいつもぼくより先に寝ちゃうんだけど。

じいちゃんは字の書いてある木の幹を何本か見つけて、ひどく腹を立てた。「くだらんことを」

と言う。「どっかのばかがくだらんことをもう書いてやがる」。ぼくにはよく分からないけど、落書きされた木を見てじいちゃんがあんなに腹を立てるようななにかがずっと前からあるはず。そうでなきゃ、どうしてあんなに怒るんだろ？　そうだ、ぼくの知らないことがなにかあるんだ。

「おんぶして」とぼくはかあちゃんに言った。

するとかあちゃんは言った。

「あっちに行って、そっとしといて」

ぼくはかあちゃんをじっと見つめた。ぼくのかあちゃんとは思えなかったから。そしてほんとにぼくのかあちゃんじゃなかった。声や顔、からだは同じだったけど。でも足はサソリみたいな大きな二本の針になってて、目からは舌をぼくに向けてる、目の見えない二匹の蛇が出てた。「ママ」と言うと、二匹の蛇は舌を引っ込めたけど、ぼくを見るのをやめなかった。

セレスティーノが便所の裏で泣いている。ぼくは行って、どうして泣いてるの、とたずねるけど、セレスティーノは答えない。するとぼくはどうしていいのか分からなくて、同じように泣きだす。やがてじいちゃんがぼくらを見つけて、「くそったれども、もうまた泣いてやがる。つかまえて、つるしてやる！」と言う。セレスティーノとぼくは駆けだし、カポックの木のてっぺんによじ登る。そしてそこで、葉のあいだでぼくらはほっとし、じいちゃんには見つかるはずがないと思う。そしてだれにも気づかれないよう、小さな声で泣きつづける。

山から牛たちが、白ずくめでやって来る。白ずくめで山から牛たちが。やって来る。

ぼくらはヤツデグワの木の下で昼寝をした。目が覚めると、また眠った。そうやって毎日、朝、昼、晩。そしていま、夜が明けるけど、また横になる。そしてもうまた、うとうとする。

眠っていると、魔女が来て、ぼくらをほうきの柄で突いた。「もう遅いわよ」とその魔女は言い、ほうきに乗って飛び立った。ぼくは魔女を見たかどうか聞こうとしてセレスティーノに声をかけたけど、目を開けたとき、自分がまだ眠ってることに気づいて、なんにも聞けなかった。

白ずくめで、牛という牛が長い列になって、長い列になって、長い列になって……

それからぼくは上を見つめた。するとそこに、とっても高いところにセレスティーノがいて、魔女の後ろを早駆けしてた。同じようにほうきにまたがって。

山から、山から……

こうしたことは全部、ヤツデグワの木のうろのひとつに住んでるキツツキに教えてもらった。すっかり話してくれた。そうでなかったら、ぼくはなんにも知らなかった。そのキツツキは、ヤツデグワの木は枯れる時期になってるので、その木にたくさん穴を開けるつもりなんだ、そうすりゃその木が姿を消すときが来る、するとおれはだれにも見えないくらいでっかい穴を持つことになる、そして、みんな、あいつは空中で暮らしてるんだと思うんじゃないか、とも言った。

ぼくはどうしていいのか分からず、キツツキは話をやめた。そのときぼくはセレスティーノに、どしたらいい、って聞いた。すると彼は「殺せ！　そいつの言ったことは悪いことだから」とぼくに言った。

そしてぼくらはその鳥を殺した。その鳥がぼくらに話をする前にその穴はもうできてたけど、それを作ったのはキツツキでも、似たような鳥でもなかった。

「あした、おまえに靴を買ってあげる」とぼくのかあちゃんは、シーツをかけてくれる前に言った。それからしばらくぼくといっしょにいた。そしてとうとうぼくは寝つきはじめ、かあちゃんが目の前からだんだん消えていくのが分かった。するとおばあちゃんが現れて言った。「しつけの悪い子だ、この家の王様みたいに暮らしてる。もう元気なんだろ！　明日からすごい早起きして、おじいちゃんと子牛たちを捜しにいって、牛の乳をしぼる手伝いをおし。おまえのなよなよしたあのいとこはなんの役にも立ちゃしないんだから。それに口からミミズをはかないときには、下痢をしたり熱を出したり、そのくせ言われたことはなんにもできやしない。うちの家族はろくでなしだよ、みんな役立たず！　あんなおじいちゃんみたいなやせっぽちといっしょになったあたしのせいだ。いいかい、明日の朝すごく早く、おまえを呼ぶからね。なまけるのはもうたくさん！　働かないなら、食べさせないからね、おまえもおまえのおっ母さんも」

朝早くうとうとしてるとぼくのかあちゃんがやって来て、小さな声で、「起きなさい。もうおじいちゃんがおまえはどうしたって言ってるわ」と言った。そこでぼくはベッドから出て、かあちゃんに抱きついた。そのからだの中が震えてるように感じた。でも自分も震えてるみたいなので、ぼくはなにも言わなかった。言えばたぶんかあちゃんは泣きだしてたかもしれない。というのも最近ぼくのかあちゃんはすすり泣きしてばかりいるからだ。ぼくがこの崖で、いまいましい子牛を捜してるいまだって、ぼくのかあちゃんはトウモロコシしぼり機の後ろか井戸の囲いにもたれて泣いてるんだ。ぼくのかあちゃんが泣く。そしてぼくはなにを言ってあげたら、なにをしてあげたらいいのか分からない。そして最悪なのは、泣いてるところをぼくのじいちゃんが見つけたら、とっつかまえて、かんかんになって、顔をぶんなぐりはじめるってこと。いまいましい子牛め、見つかってしまえ、石をぶつけて殺してやるから！

「見て、ママ、山でカイニットをとって、持ってきてあげた」

「指輪をくれるつもりはないってことか？」と小妖精は言った。

「人ちがいしてるんです。ぼくはあなたにあげる指輪なんか持ってないもの」

「ばか！　ぼくは絶対にまちがえない。答えをまちがえてるのはおまえだ」

「うれしい。とってもおいしいもの」

「とんまな息子がまたあんなろくでもない果物を持ってきてる。おまえは家をゴミだらけにするばっかりだね。いますぐ捨てろと言っておやり」

「捨てなさい！」

「いや、食べてよ」

「そのカイニットを捨てなさい。おじいちゃんが来るから」


今夜ぼくは目を閉じても眠れなくて、ときどき指で目をこすりさえする。ママは何度もぼくに近寄り、「カイニットを捨てなさい」「カイニットを捨てなさい」と言った。そのあとぼくのじいちゃんが縄を手にしてやって来て、「おまえのおっ母さんの首をつるすときが来た。来るんだ、輪を作ってやれ」

「輪を作って」とぼくのかあちゃんは言いながら、天井に現れた。もう棟木からぶらさがって。

そのあとじいちゃんがしびんを手に、入ってきた。「飲め、テテナシ子」と言った。

そしてぼくは飲んだ。

それからぼくはセレスティーノに抱きつき、そしてようやく寝つけた。いまどこでもぼくといっしょにいる魔女の話だと。

「あたしにはおまえしかいない、坊や」

「うん、ママ」

「いつもあたしを愛してくれなくちゃいけない」

「うん、ママ」

「おまえに捨てられたら、あたしどうなっちゃうか分からない」

「あたしにはおまえしかいない……」

「かけないとこが、かゆくってたまんない！……」


もう降誕祭まで数日しかない。たった数日。そのときにはいとこたちやぼくのおばさんたちがみんなやって来る。すごいパーティ！　その日、ぼくは子牛たちを捜しにいくつもりはない。たとえじいちゃんに背中が破れるくらいベルトでたたかれたって……。ぼくといっしょにいる魔女がぼくをぴしゃりとたたいて目を覚まさせ、笑いながらベッドの手すりによじ登った。セレスティーノはまだ寝てる。かわいそうに。ゆうべはずいぶん具合が悪かったみたい。うめくばかりだったし、六回ぐらい便所に行った。セレスティーノのやせ具合を見るとほんとに悲しくなる！

あばら骨さえ数えられる。だからぼくはときどき夜起きて、台所で食べ物をくすね、持ってきてやる。でも全然だめ、日ごとやせていく。そんなセレスティーノを見るのはほんとに悲しい！もう骨と皮になってる。そうなったのはじいちゃんのせいだ。セレスティーノがテーブルについたとたん、ちらちら見て、一口も食べさせないもの。そう、じいちゃんは、出てけ、とか、食うな、とかはっきり言わないけど、セレスティーノがテーブルに来ると腹を立てはじめる。そしてスプーンを投げ、スープをこぼし、怒り狂ってセレスティーノを見つめはじめる。まるでセレスティーノになにかの責任があるみたいに。するとかわいそうにセレスティーノは、まったくの世間知らずなので、ほんとに自分がなにか悪いことをしたんだと思い、泣きながら台所のほうに行ってしまう。するとじいちゃんは、もう〈あの子〉にはがまんがならん、食わんのはわしを苦しめようとしてるだけのことだ、と言い、あいつに食わせてやるんだ、と口実をつけて、台所まで行き、セレスティーノを蹴とばす。じいちゃんが台所でセレスティーノを蹴とばしてるあいだ、アドルフィーナは口を閉じたまま歌い、しわができないようにしてるの、と言う。ぼくのかあちゃんは食べつづけながらとっても小さな声で泣き、ばあちゃんはかあちゃんとけんかをして、

「とんま、このとんま」と言う。するとぼくはとっても落ちついた気分になるんだけど、じいちゃんに蹴られて床をころげまわっているかわいそうなセレスティーノの荒い息づかいがときどき聞こえてくる……。こんなことになるといつも（毎日のことだけど）、死んだいとこたちが天井から降りてきはじめ、テーブルについて、食べに食べる。というのも、いとこたちが言うには、

自分たちが生きてて蹴られてたとき、じいちゃんが好きに食べさせてくれなかったものをいま全部食べてしまわなくちゃいけないから。

じいちゃんの蹴る音がセレスティーノの荒い息づかいと混じる。

死んだいとこたちがもう降りてくる。

ばあちゃんはママをなぐり、とんま、と百回あまり言い、やがて怒り狂って、ママの頭で皿を割り、熱いパスタを少し、ママの目に投げつける。

魔女はびっくりして出ていった。そしてその魔女が出ていくのを見てぼくはひどく恐くなった。たぶん二度ともどってこないと思うから。

セレスティーノはおじいちゃんに蹴られて内臓が破裂してるとぼくは思う。そう、セレスティーノの病気はそれにきまってる。


ふたたび食事、そしてふたたび蹴り。死んだいとこたちのひとりが、しくしく泣いてるぼくを見つめ、「まぬけ」と言った。

それからひとつの合図でみんな消える。でも**まぬけ**という言葉は残って、ぼくの耳をかく。

まぬけ。まぬけ。まぬけ。まぬけ。まぬけ。まぬけ。

まぬけ。

まぬけ。

おまえのいちばん忠実な女奴隷は、おまえの足の下に絨毯をしくおまえの影であることを、おまえは否定できない。

――ムサ＝アグ＝アマスタン

まぬけ。

まぬけ。

まぬけ。

ぼくのいとこが**まぬけ**という言葉でなにを言いたかったのか、もう分かる。明日、食事のときに、いとこたちにそうだと言おう……。セレスティーノは今夜いつになくうめく。明日、死んだいとこたちと話をしよう。


ほんとうれしい！　今朝、魔女がいつもの平手打ちでぼくを起こしてくれた。


ぼくのかあちゃんが話をしてくれなくなったことに気づいた。魔女の話だと、セレスティーノに焼き餅をやいてるという。

「嘘だ」とぼくは魔女に言った。

「ほんとだということをおまえは知ってる」

「ぼくはかあちゃんが好きだよ」

「彼女もおまえが」

「だったら、どうしてぼくに話しかけてくれないの？」

「おまえはセレスティーノのほうがもっと好きだってことを知ってるから」

長いことかかっていまようやく、ぼくのかあちゃんがひどくいかれてることに気づく。かわいそうに、飢えてたせいか、それともたぶん夫がいないせいか、魔女の話だと、女にとってそれは恐いことなんだって。女じゃなくてほんとよかった！

もうぼくらは食堂にいる。セレスティーノは、いつものように、最後にテーブルにやってくる。じいちゃんは、見るとすぐ、ぶつくさ言いはじめる。セレスティーノが坐ると、じいちゃんはののしり、テーブルの真ん中にカラスを放る。セレスティーノは自分の食べるものをとろうとしない。じいちゃんは皿が床に落ちるのもかまわず、けんかを始める。こいつのせいだと、言って。「いまいましいガキだ、いつもわしを混乱させやがる！」。セレスティーノは震えながら近づき、床のガラスを拾い集める。じいちゃんはセレスティーノの顔をなぐりはじめる。ぼくのかあちゃんはもう目にいっぱい涙をためてる。アドルフィーナは歌いはじめる。魔女は、いつものように、天井から逃げだす。そしてまもなく死んだいとこたちが来る！……

いとこたちはいつになくお腹をすかして、テーブル全体をあさり、なにもかも、じいちゃんのカラスまで食べてしまう。

じいちゃんはセレスティーノをなぐりながら、台所まで引きずっていき、そこで蹴りはじめる。きのうぼくに**まぬけ**と言ったいとこが近づいてきて、またその言葉を繰り返す。

「ちがう」とそのときぼくは言う。

「どうしてちがう？」と死んだいとこ全員がぼくに言う。

「じいちゃんを殺したいから」

いとこたちはみんな食べるのをやめ、ぴょんと跳んで大きな素焼きの皿をつかむと、それをぼくの頭に置いた。

「おまえは冠を授かった」と言い、天井から逃げだす。「今晩、会おう」

素焼きの大皿は床に落ちて粉々になる。ばあちゃんがぼくに突っかかりはじめる。

「頭に皿をのせるなんて、どうしたらそんなこと思いつくんだい！　恥知らず！　それは帽子じゃないんだよ。この先、しびんに食べ物をよそうことにしようか。とんま！　おまえなんか、なぐられて粉々になりゃいいんだ！」

そしてののしりながら、ぼくをなぐりはじめるけど、ぼくは笑う、大笑いする。


きょうかかっている霧を見るとだれもが不愉快になりそう。夜が明けてからぼくは自分の手も見えないし、もうすぐ正午になる。ほんとにひどい！　この時期はいつもこうだ。でも、とにかくぼくはこんなのが大好き。霧の中だとなにもかもが白くなる。その空気の白さの中をセレスティーノとぼくはつまずきながら歩き、なにかの大きな切り株でけがをしないよう支えあう。きょうはセレスティーノには仕事がいっぱいの日になる。霧が出るといつもよりたくさん書くからで、ぼくらは山の中で夜を迎えるときだってある。というのも、セレスティーノはあたりがもう暗くなって、木に書くときに使うノミで二、三回指を突くまで、落書きをすることに熱中するからだ……。ぼくも霧が好きだ。こんなだと、あのいやなぼくのじいちゃんは晴れわたってるときみたいに簡単にはぼくらを見つけられないし、少なくともぼくらは、カンカンになってぼくらのあとを追っかけてくるじいはいないと思いながら、安心して息をすることができるから。

ぼくは、いつものように、見張りをするために道で立ち止まった。でも、なんにも見張れない、なんにも見えないから。自分すら。そして探りを入れようとするだけで厚い霧はときどき裂け目を作り、白さをいっそう濃くしてすぐまたふさがる。そして聞こえるのは鳥たちの声だけで、ためらいがちに歌ってどこへともなく消えていく……。鳥たちの声とセレスティーノが木々の幹をたたく音。セレスティーノがその詩を書くのにどれだけ時間がかかってももうぼくは気にしない。絶対に終わってほしくないとときどき思う。ぼくらふたりが死んでも、詩は終わることなく続いてほしいと。ぼくはそんなことを考えてる。というのもいつかセレスティーノが書き終えたら、もうぼくらはなにをしたらいいのか分からないし、道の真ん中で立ち止まって、霧にまぎれてセレスティーノに気をくばってる理由がなくなるから。いやだ、絶対終わらないで。急がないで、そうっと。そうっとたたいて……。ゆっくり、ほんとにゆっくり、すぐにぼくらは年寄りになって、パッと消えるんだから。ゆっくり……。ゆっくり……ゆっくり……

ついにじいちゃんに見つかった。霧の中でじいちゃんの斧が火花を放ってるのが見える。書くさあ来い、悪魔よ。

――アルチュール・ランボー

のをやめて逃げろ、とセレスティーノに大声で叫ぶ。魔女もぼくのあとから駆けだす。そして三人で、いつも川のずっとむこうにある大きな岩のあいだに隠れる……。太陽は、もうかすかに顔をのぞかせ、魔女の姿を少しずつ消していく。アドルフィーナ！　とぼくは叫ぶ。アドルフィーナがその魔女で、ちょっぴり悲しそうにぼくを見つめてたのが一瞬分かるから。でも魔女はもう白さの中に溶け、ぼくにはもうほんとにアドルフィーナだったのかどうか絶対に分かりようがない……。じいちゃんはいまいつになくはっきり見える。セレスティーノが落書きしてた木の幹のそばで身をかがめてる。いまは斧の音しか聞こえない。やがてじいちゃんは、ひどく疲れて、木の幹にもたれ、まるでどなってるみたいに、大きな声で泣きはじめる……。セレスティーノの目からも涙が流れ、ぼくは上のほうを見つめる。たぶんにわか雨が降ってるのに、ぼくらはずっと気づいていなかったから。できたらじいちゃんのいるところまで近づいて、背中をなでてやりたかった。でもまさかそんなこと！　このじじいは山犬よりも荒々しくて、ぼくを見るだけでもうぶつくさ言い、突っかかってくる。干しプルーンみたいな、このろくでなしがどうしてぼくをそんなに憎んでるのか分からない。だって、セレスティーノが詩を書くのはぼくのせいじゃないし、ぼくにはそれが悪いことだとは全然思えないもの。たぶんあのじじいはねたんでるんだ。いやそうじゃない。ねたみなんかじゃない。セレスティーノやぼくを憎んでるんだ。そう、憎しみなんだ。憎しみ。なぜってもうぼくらはちょいとした年になってるんだけど、ぼくらが初めてあの家に来て、じじいの言うような「自分のけつさえふけん役立たず」のときと同じ年齢でいつづけてるから。そう、実はそうなんだ。あのじじいはぼくらに自分みたいに立派な馬になってもらいたかったんだ。ところがぼくらは子馬でいる……。ろくでなしのじじい！　ぼくらに蹄鉄をつけようなんて考えるな。

じいちゃんの斧が飛び、セレスティーノの額に突き刺さった。ぼくはそれを引き抜こうとするけど、できない。じいちゃんはどっと笑いだし、「おまえに焼き印を押させるか、それともわしがそのとんまから斧を引き抜かずにおくか、そのどっちかだ」と言った。ぼくはどうしたらいいのか分からない。でも結局、いいよ、と言い、焼き印を押させる。

ぼくらはトウモロコシの種まきから帰り、じいちゃんはセレスティーノとぼくをかつぎ、肩に乗せて運んだ。そのあいだぼくらは拍車でじいちゃんを突っつき、鞭でたたき蹴とばしたりする。じいちゃんは道中なにも言わなかったし、ぼくらはじいちゃんをたくさん走らせ、それから、死者たちの丘のてっぺんに上がれ、と言った。そしてじいちゃんはぼくらを乗せてそこへ行った。それからぼくは「こんどはぼくらを背中に乗せたまま、こっちの丘からあっちの丘まで跳ぶんだ、足しなきゃ、目をくり抜くぞ」と言った。じいちゃんは跳んだけど、むこうの丘に着いたとき、足をすべらせ、背中にぼくらを乗せたまま倒れてしまった。そこでぼくらはアルマシゴの木にじいちゃんをつないで、拍車でブスッ、両目をくり抜いた。じいちゃんは、痛っ、とさえ言わなかった。そしてぼくが、歌え、と言うと、歌った。そのあとぼくらは飽きて、音を立てずにその場を離れた。おじいちゃんは、目が見えないので、置き去りにされたとは思わず、歌いに歌いつづけた……。そして人の話だと、ふたつの丘の頂上を行ったり来たりしながら、絶対に口を閉じようとはせずに歌ってるのがいまも聞こえるという。


「トウモロコシの芯で遊んじゃだめ、かまどにくべるんだから」

「でもこの芯、まだ青いよ」

「芯をそこにおいときなさい、と言ったでしょ！」

「芯で遊ばなかったら、なんで遊んだらいい？」

「なんでもだめ。ばか！　もういい年なんだから、そんなばかみたいなことをするんじゃないの」


ぼくはいい年だ。「おまえはいい年だ」と言われたことがある。だからもう年寄りなんだ。ボダイジュの木のてっぺんからクビワスズメたちが頭から飛びかかって、ぼくをつつきながら、「おまえは年とってる」、「おまえは年とってる」って言う。

ぼくは年とってる、すごーい、ぼくは年寄りなんだ！

年寄り！

とても年とった年寄り、年とった！

とても年とった年とった年とった年とった……

とても年とった…。年とった。とても年とった……

ぼくは川に泳ぎに行った。すると夢を見てることに、年寄りじゃないってことに気づいた。でも目が覚めると、ばあちゃんはぼくの首にナイフを突き刺して、「死んじまい、年寄り、なにを待ってんだい」と言った。

年寄り!
年寄り!
年寄り!
年寄り!
年寄り……。ぼくは年寄りだ。なんて悲しくって、うれしいんだろう。

ゆうべその知らせを聞いて、ぼくは信じたくなかった。明日になるのを待った。そしてまだ夜が明けないうちに、井戸に向かって駆けだし、もう年寄りだってことがほんとかどうか確かめるために、ビクビクしながらのぞき込んだ。ぼくが見たのは、骨ばったしわくちゃの顔じゃなくて、とってもちっちゃな男の子だった。グアヤコンやピティスたちといっしょに泳いでて、とっても楽しそうにぼくの名を呼んでいた。でもぼくは驚かなかった。ぼくはまたぼくに向かって叫んだけど、ぼくはまた答えなかった。そして最後にぼくはだんだん小さくなっていきアリの大きさになったけど、それでもまだ小さくなりつづけ、やがて井戸の底に消えた。そしてどんなに井戸べりからのぞき込んでも、ぼくを見ることができなかった……。家に帰り、ばあちゃんが流しから捨てる水が作るぬかるみに立って、叫びだした。ぼくのかあちゃんが、とってもびっくりして、台所から飛びだしてきてぼくに聞いた。

「今度はだれに殺されたの！　さあ、おっしゃい、きっぱりと、だれがおまえを殺したのか」

「ママ」。ぼくはママを苦しめようとしてそう言った。「ママだったよ、ママ」

ママはぼくを見つめ、それから祈り、赦しを求めはじめた。

「そんなごろつきなんか、相手にするんじゃない」とそのとき、ぬかるみに捨てる水を少し持って流しから出てきたぼくのばあちゃんが言った。「そんな嘘つきのごろつきなんか、相手にするんじゃない。殺したのはあたしなんだからさ」

ぼくのかあちゃんはちょっぴり安心した。そしてぼくらはかあちゃんの部屋に入った。その部屋はとっても変ちくりんだ。見せたいな！　そこにはベッドも窓もないんだ。石がひとつあるだけで、その石の上にママはいつもろうそくを灯しているけど、だれの姿も照らしださない。ぼくのかあちゃんは部屋の片隅で横になって一羽の若い鶏や二羽の雄鶏、雌鶏たちといっしょに寝るけど、その鶏たちはかあちゃんの上に登って一晩で糞だらけにする。ときどき、夜、便所に向かって駆けだすと、ぼくのかあちゃんの部屋の中からとっても大きな悲鳴や鶏がいっせいに鳴いたり羽ばたきしたりする音が聞こえることがある。そうした悲鳴や騒ぎを聞いて、あるとき、その一回きりだけど、中でなにが起きてるのかを知ろうとして、思い切ってのぞいた。のぞいて、見つめた。ぼくのかあちゃんは棟木のいちばん高いところからぶらさがってて、雌鶏や若鶏、雄鶏たちはぼくのかあちゃんの首をしめてる縄まで届こうとして飛んだり跳ねたりしてた。でも全然だめ。どの鶏もすっかり紫色になって目を大きく見開いてるぼくのかあちゃんが揺れてるところまで登れなかった……。ぼくは、まるで稲光のように、セレスティーノが横になってる自分の部屋に向かって駆けだし、さっとベッドに入った。

「どうした?」とセレスティーノが言った。

「ぼくのかあちゃんが棟木からぶらさがってる!」

「かあちゃんって?」

「ぼくの……」

「目を覚まさせてやらないといけないな、夢見てるんだって気づくように」

「うん、目を覚まさせて……」

でもぼくの目を覚ますことはできなかった。セレスティーノはぼくをたたき、またたたいたけど、全然だめ、ぼくは眠りつづけていた。それっきり目を覚ましていないと思ってる。というのも、夜に、便所に行くとき、ぼくのかあちゃんの部屋からまだ悲鳴が聞こえるし、何度ものぞきたくなったんだけど、雄鶏や雌鶏たちの羽ばたきが、どうして見るんだ、のぞいたって、もう見たものを見るんだぜ、と言うから。そこでぼくは部屋に駆けもどる。そして、今晩セレスティーノはぼくの目を覚ますことができるんだろうかと思う。でもセレスティーノはそれができないので、ぼくは夢を見てるんだ、と言うと、セレスティーノはできるかぎり激しくぼくを揺する。そして、ぼくは夢を見てるんだ、とぼくはセレスティーノに言いつづける。

ばあちゃんとじいちゃんはトウモロコシしぼり機の後ろにある大きな長もちの中にがらくたを全部突っ込んだ。いまはその長もちに大きな鎖をまいて、ぼくのかあちゃんに引きずらせる。ぼくのかあちゃんは前で必死になって引っぱる。じいちゃんとばあちゃんは後ろでその長もちを押す。でもいつもずるいぼくのばあちゃんがしょっちゅうよじ登るので、ぼくのかあちゃんはなおさら懸命に引っぱらなくちゃならない。そうしてもう家の裏を過ぎ、井戸をあとにして——そこではアドルフィーナが口を閉じて歌ってるけど——草原に消える。

ぼくは追いつこうとするけど、だんだん三人は遠くなる。ラ・ペレーラの丘を、アグアス・クララスの草原を越え、もうヒバーラの山に上がり……。三人の姿が消えていくあいだ、ぼくはアドルフィーナの**フムム　フムムム**という声を聞きつづけるけど、その声はしだいに大きくはっきりしたものに、悲しそうなものになっていく。

その音に導かれてぼくは家に帰る。

アドルフィーナは、井戸の後ろで、いつものように口を閉じて歌ってる。白い泥と水、レモンを練りあわせたものがたくさん作ってあって、それを顔中にぬりたくっている。

「アドルフィーナ！　アドルフィーナ！」

アドルフィーナは答えない。歌うのをやめず、こんどは指で顔を変えている。

「アドルフィーナ！」とぼくは叫ぶ。

アドルフィーナは練りあわせたものの中に指を突っ込み、大きな口を作り横にほくろをつける。

「アドルフィーナ！　アドルフィーナ！」

また顔を消し、小さな口、そして額全体をしめるような大きな眉や目を作る。

ぼくは近づく。

「アドルフィーナ」とふれながら言う。

アドルフィーナは口を閉じたまま歌いつづけ、今度はまっすぐの長い鼻とネズミの耳をつける。相手にしてくれないので、ぼくは両手をアドルフィーナの顔に突っ込む。指が白い泥の皮に沈み込むと、皮は崩れていくけど、その向こうにはなんにもない。

「アドルフィーナ！　アドルフィーナ！」

でもぼくはひとり、もう音さえ立てない小さな白っぽいぬかるみにいる。


みんなが姿を消し、家にいるのがセレスティーノとぼくだけになったとき、すごく恐くなった。みんな、どうしたんだろう！　みんな、どこにいるんだろう！　ときどきぼくは道の真ん中で立ち止まり、ぼくの家の人たちがどっちに行ったか聞くために、だれかが通るのを待つ。でもこの辺の道はもうだれも通らない。そしてたとえ通っても、ぼくのことなどおかまいなし。このみじめな地区に住んでる連中はみんなけだものだ！　ていねいに話しかけても、ぜんぜん相手にしてくれない。そこでぼくは最初に通る人の前に突っ立って、「すいませんが、耳が聞こえないんですか？」って言う。でもきっと目も見えてないんだ。というのも、気になってることがあるってことを分かってもらうために、地面をころげまわったり、なんどもとんぼ返りをしたりしてるから。ときどきぼくは腹を立て、通っていく（もうだんだん少なくなってる）人たちをなぐりつけるけど、それでもぼくに注意を向けない。ぼくは叫び、飛び跳ね、じだんだを踏み、来る人たちに石を投げつける。それでもまだだれも見むきもしない。でもとにかくぼくは希望をなくさない。ここで、道の真ん中で、ひどく坐り心地の悪い石の上に坐って見張りつづけてると、すごい静けさが山を包んでいく。ぼくはだれかが通るのを待ちつづける。たとえぼくの家族のことはなんにも言わないかもしれないけど、少なくともぼくを追い払うか、ぼくになにかする人を。

二番目の終

家は崩れかけてる。ぼくはときどき両手で支えてやりたくなるけど、崩れかけてるのが分かってるので、なんにもできない。

ぼくは崩れかけてる家を見つめ、そして考える。あそこで、ぼくはセレスティーノと知り合い、ぼくらは石蹴り遊びを覚えた。ぼくのかあちゃんに初めてベルトで引っぱたかれ、初めて頭をなでてもらった。あそこで、いつかじいちゃんが「降誕祭《パスクワス》」と言って大笑いしたけど、じいちゃんが「パスクワス」と言ったとき、ぼくはとっても楽しくなった。そしてわけは分からないけど、とってても楽しくとってても笑えたものだから、チューリップが育ってる通路の隅まで行って、あのスズメバチの巣の下で笑った、笑いこけた。「パスクワス」「パスクワス」「パスクワス」。そしてまた大笑いし、もうぼくの耳の上で飛びまわっているスズメバチにも気づかなかった。「パスクワス」「パスクワス」「パスクワス」

そして、あんまり楽しくって、地面を転げまわった。

そしていま、家は崩れかかってる。崩れたら、いまだに繰り返し聞こえる、あの「降誕祭《パスクワス》」「パスクワス」という声はどうなるんだろう。あの通路のスズメバチたちの下で、楽しくって地面をころげまわってるぼくはどうなるんだろう。家が崩れたら、大きな水がめはこなごなになる、そうなるとぼくは生きつづけられない。家が崩れたら、湿った灰でできた大きなかまども崩れる、そうなるとぼくは生きつづけられない。家が崩れたら、クリスマスイヴのパーティにやって来るいとこたちの騒ぎもつぶれる、そうなるとぼくは生きつづけられない。そして最悪の場合、家が崩れたら、ぼくらはどこかへ引っ越さなくちゃならない、そうなるともう一度生まれて、ぼくを大笑いさせてくれるような言葉をもう一度探しはじめなくちゃならない。そしてスズメバチたちをもう一度説得して通路に巣を作ってもらわなくちゃいけない。そしてばあちゃんを悩まして、流しの水をまた中庭に捨てさせ、いまあるのと同じぬかるみを作らせなくちゃいけない。そして、いまのぼくらの家みたいに、天井がすすで黒くなるまでとっても長いこと待たなくちゃならない。でもたぶんそんなに長いこと待たなくてもいまみたいになるんだろうけど。それに家がすすで汚れないんなら、ぼくはそんなとこで暮らしたくない。そして家がすきまだらけで、どのすきまからもいまのすきまから見るのと同じものが見えないんなら、ぼくはそんなとこで暮らしたくない。そして家にトウモロコシの芯といっしょに天井から子山羊の脚がぶらさがってないんなら、ぼくはそんなとこで暮らしたくない。そして家の隅にドアが、そして隅のドアにシロアリに食われたダイオウヤシがないんなら、ぼくはそんなとこで暮らしたくない。そしてそうしたものが全部あったとしたって、家にシダと声でいっぱいの井戸がなかったら、ぼくは絶対そんなとこで暮らさない……。だめだ、この家みたいな、ぼくがしてきた隠しごとを残らず隠してくれる家なんかほかにはありそうにない。ほかの家はぼくには変だろうし、ぼくもその家には変だろう。

そしてそのときぼくは泣く。家はもうないことを知ってるから。でもすぐに泣くのをやめる。この涙のわけを知らないような新しい家に引っ越さなくちゃいけないことを思いだすから。だからぼくは時間をむだにしてる。

ぼくらがカイニットをとりに来たとき、ママはその林のいちばん高いところに立って、言った。「家がとっても見苦しくなってきてる！　まるで崩れそう」。そして笑いだした。

ぼくはカイニットを地面に投げ、大声を上げはじめた。

「ねえ、ばかなことしないの」とぼくのかあちゃんは、笑いながら、やさしく言った。「あたしの言うことはとんちんかんだって、分からないの？」

そしてぼくらは家に入るけど、ぼくはママのスリップのすそで目をぬぐった。ママはスカートを腰までたくしあげて長いかごみたいにし、そこにカイニットをいっぱい入れてたから。

家は地面にぺしゃんこになってる。ぼくらは板や屋根をふくダイオウヤシの葉を集めて、ひとつひとつ、もとの場所に置く。ヤシの葉はまたオオギバヤシの繊維でくくりつける。ぼくらはみんな、建て直そうとする。ぼくはその仕事の指図をする。ときどきぼくはほうきの柄をつかんで何度かひっぱたく。ぼくのかあちゃんの肩に一発、とってものんびり働いてるから。おばあちゃんが立ちどまって一息入れるたびに、頭に一発。そして、屋根によじ登って、ヤシの葉をとってもゆるく結んでるじいちゃんにはふたりより強烈なのを一発。縛り方がゆるいといつかまた家は倒れてしまいかねない。だからじいちゃんにはいつもいちばんきついのをおみまいする。

セレスティーノは真夜中に起きあがったきり、もどってきていない。暗がりで起きるのを見て、ぼくはセレスティーノが家で寝てるのをじいちゃんに知られないよう、小さな声で呼んだ。でも答えなかった。窓を飛び越え、出はじめた霧の中に消えた。このごろは霧の出るのがほんとに早い！　たぶんもう寒い月が近づいてるからだ。ほんとを言うと、ここはけっして寒くならないし、冬は通りすぎ、また通りすぎて、ぼくらはずっと日に焼けつづける。ぼくはセレスティーノの後を追うつもりだったけど、起きようとすると魔女がやってきて、ぼくの手をつかみ、「**ほっときな、ほっときな**。さあ木の幹になんでも好きなことをお書き」と言った。魔女はそんなことを言ったけど、ぼくはすぐに眠り込んでしまった。寝たくなかったけど、どんなに眠気を追っ払おうとしても追っ払えず、あくびがどんどん出はじめ、やがて、魔女がぼくの目の前で消えるのが見え、もう寝てるんだと思った。

いま、もうお昼だけどセレスティーノはまだ帰ってないし、ぼくはなにをしたらいいのか分からない。ママにセレスティーノのことを聞かれて、本当のことを言おうとしなかった。ぼくはかあちゃんのことを疑ってるし、かあちゃんはじいちゃんに告げ口をする、じいちゃんはセレスティーノのいるとこまで行って背中に斧を振りおろす、そんなことになるんじゃないかと思うから。だからぼくのかあちゃんにはなんにも言わない。知ってもらうために話をする必要はないんだけど。というのも気づくから。ぼくが見つめさえすりゃ、ぼくが言わなかったことをかあちゃんはもう理解してるってすぐ分かる。ほんとにそうなんだ。まだ覚えてるけど、ぼくにお話をしてくれてて、泣きだしたときがあった。どうして泣くのってぼくが聞くと、「どうしておまえがあたしに死んでもらいたがってるか、どう考えても分からないの。あたし、おまえにそんなにつらくあたってる?」と答えた。ぼくはなんて言っていいのか分からなかった。でもかあちゃんは、あたしが死ぬことをおまえが考えてるとしても、それはあたしに死んでもらいたいからじゃなくって、死んだらおまえは大声を上げはじめる、するとみんなが駆けつけてくれるからなんだね、と言った。

「どこへ行くんだい?」と魔女は言った。

「セレスティーノを探しに」

「どうしてじっとしてないんだ」

「できないよ。じいちゃんが斧を持って、きみの頭を割りにくるって言ってやりたいから」

「もうおまえはそれを知ってる、だったら彼も」

じいちゃんがやって来て、セレスティーノの頭に斧を突き立てる。セレスティーノは叫びもしないし、うんともすんとも言わない。なんにも、まったくなんにも言わない。斧で頭を割られても、まだなにかを木の幹に書き、それから、ケブラコの枝の下に姿を現した死んだいとこたちのコロスのそばで少し踊る。いとこたちはセレスティーノが踊りつづけるよう歌いはじめる。でもセレスティーノは続けない。山中をしばらく歩く。野原まで来ると、そこからいろんなものを見つめて、ぼくを見るけど、ぼくは家から出たばかりで、じいちゃんのことを知らせるには間に合わない。それからセレスティーノは石の上に坐って、棒で地面に(癖で)書きはじめる。でも地面はすごく乾いてる。あんまり乾いてるのでとうとうあきらめ、地面に横になる。そして、そこに着いたときには、もう死んでた、と人は言う。

そして、そこに着いたときには、もう死んでた、と人は言う。

エレクトラ　それじゃ、あの不幸せな子のお墓はどこにあるの？

オレステース　そんな墓はありません。生きている者に必要ありませんから。

——ソフォクレス

死んでた。
死んでた。
死んでた。
死んでた。
死んでた。
死んでた。
死んでた。
死んでた。
死んでた。
死んでた。
死んでた。
死んでた。
死んでた。
死んでた。
死んでた。
死んでた。
死んでた。

死んでた。
死んでた。
死んでた。
死んでた。
死んでた。
死んでた。
死んでた。
死んでた。
死んでた。
死んでた。
死んでた。
死んでた。
死んでた。
死んでた。
死んでた。
死んでた。
死んでた。

死んでた。
死んでた。
死んでた。
死んでた。
死んでた。
死んでた。
死んでた。
死んでた。
死んでた。
死んでた。
死んでた。
死んでた。
死んでた。
死んでた。
死んでた。
死んでた。
死んでた。

死んでた。

死んでた。

人はなんにも分かっちゃいない！

人はなんにも分かっちゃいない！　ぼくはセレスティーノが横になってるとこまで行って聞いた。

「斧の傷、とっても痛い？」

「斧の傷って？」とセレスティーノは言った。そしてぼくらは、もういつもやってるように、全然言葉を口にしないで話しはじめる。


夜、ぼくはセレスティーノを助け起こし、とってもゆっくり歩いて、家まで行った。

「ここが家だよ」とぼくは言った。

「家……」とセレスティーノは言った。

魔女が、泣きながら、居間のドアからぼくらを迎えに出てきた。

「言ったろ！」と魔女は言った。「言ったろ！」。そして、ぼくを抱きしめ、小さな叫び声をたくさんあげ、やがて、宙に消えた。

セレスティーノとぼくは居間に入った。そこに死んだぼくのかあちゃんがいた。

「おまえのかあちゃんは死んだ」といとこのコロスが言った。

「かあちゃんって？……」

「おまえのかあちゃん、エビスグサに水をまいてニオイニガクサだって言ってる人」

「じゃあ、もうひとりのかあちゃんは？」

「もうひとりのかあちゃんはずっと前に井戸に飛び込んだ」

「じゃあ、ぼくらにはほかにだれがいるの？」

「それは分からないけど、たぶん何人かのかあちゃんたちがそこらへんに散らばってる」

「もう来ないで、と言ってやって」


居間はいっぱい。

いとこたちのコロスは消える。

ぼくのかあちゃんはとってもゆっくり燃えあがる四本のろうそくのあいだできらめいてる。

進め！　進め！　きみのかあさんはとってもゆっくり燃えあがる四本のろうそくのあいだできらめく。

進め！　進め！　さあきみのかあさんだ。なんて幸せそうな眠り！　とうとう。とうとうきみは注目の的だ。

進め！

進め！

進め！

いとこたちのコロスは屋根から降り、きみのために泣く。みんなが目をぬぐう、きみのために。

進め！

進め！

進め！

ぼくはゆっくり進み、ぼくのかあちゃんは棺桶の中でとっても安らかにぼくを待ってる。ぼくのばあちゃんの話だと、棺桶はヒマラヤスギでできてる、だからすごく高かった。

「この棺桶はヒマラヤスギ？」

「ああ、ヒマラヤスギ」

「とっても高かった？」

「とっても高かった」

「いくら？」

「目がひとつ」

「だれの？」

「おまえのじいちゃんの」

「かわいそうなじいちゃん、ひどくもがいたんだろうね！」

「とっても。かんしゃく起こして、まだ便所から出てこれないんだから」

進め！

進め！

進め！

　きみのかあさんはその大きな箱の中できみを待ってる。とうとう、生まれて初めて、きみはこの脚光の時を味わう。夜はきみのもの。人々はきみのもの、きみのかあさんはきみのもの。時はきみのもの。

進め！

進め！

進め！

　すべてがきみのもの。どの顔もきみのために泣き、きみに同情し、きみを気の毒に思う。きみのばあちゃんさえ、ずっとあんなにきみを憎んできたのに、きみのことを心配する。「あの子はどうしてる」と言った。つっけんどんに響くようにぶつくさ言おうとするけど、そうはならなかった。ほら、きみの晴れの日だ！　ほら、きみの晴れの日だ！

進め！

進め！

進め！

ラ・ペレーラから、グアヤカンから、ラ・ポトランカから、エル・アルミランテから、カルデロンから、ペロナレスから、ロス・ラソスから、アウラスから、アグアス・クララスから……とっても遠い地区から、きみが泣くのを見に、人々がやってきてる。泣け、このチャンスをむだにするな。みんな群がる。みんな押し合いへしあいする。きみを見るために。きみを、きみだけを。きみがすべてだ。進め、またたく光の中できみを待ってる大きな箱まで！

進め！

進め！

進め！

ほら、きみの大勝利だ。みんなきみを見つめてる。

ゆっくり歩け、このとっておきの時を楽しむことを学べ。ゆっくり。この瞬間を味わえ。それを味わえ。それを・味・わえ。

進め！

進め！

進め！

ゆっくり。きみが泣くのを聞かせてやれ。気の毒がらせてやれ。最後に、「かわいそうに」と言わせてやれ。もうみんなはきみを愛しはじめてる。もうきみを愛しはじめてる。

もうきみのかあさんのためではなく、きみのために泣いてる。

もうきみのかあさんになりたがってる。

もうきみをとっても愛してる。

楽しめ。

　ぼくは楽しんでる。

泣け。

　泣いてる。

叫べ。

　叫んでる。

棺桶に抱きつけ。

　棺桶に抱きつく。

『かあさん、かあさん、ぼくをひとりにしないで』と言え。

「かあさん、かあさん！　ぼくをひとりにしないで！」

今度はもっと激しく泣け。

　もっと激しく泣く。

叫び声をあげろ。

「ああああ！」

床に倒れ込め。でもきみを起こすひまを人に与えるな。人が来ないうちに自分で立ち上がれ。

そして『ひとりにしといて、ふたりっきりにさせて』と言え。

「ひとりにしといて、ふたりっきりにさせて！」

でもきみをひとりにさせるな、というのもそうなると……。

「ひとりにしないで！　ひとりにしないで！」

もうきみは棺桶の前にいる。

　もうぼくは棺桶の前にいる。

ゆっくり小さな声で、『かあさん！』と言え。

「かあさん……」

『ぼくをひとり残して』

『この先、ぼくは午後、だれのために水をかついだらいいの』

「この先、ぼくは午後、だれのために水をかついだらいいの」

棺桶に抱きついたまま、眠れ。

　もう眠る。

きみの時は過ぎた。ぼくらはトウモロコシ畑にもどらなくちゃいけない。

　ぼくの時は過ぎた。ぼくはトウモロコシ畑にもどらなくちゃいけない。


　きょうぼくらは散歩にでかけ、もどってくると、ばあちゃんがぼくにスバルや牽星、白鳥座の見つけ方を教えてくれた。セレスティーノももう空を知ってて、ばあちゃんに言われなくても、天の川を見つけた。おまえはとっても疲れてるはずだからしばらくおぶってやろう、とばあちゃんが言った。そしてぼくをおぶった。でもすぐにばあちゃんのほうが疲れはじめた。そこでぼくを地面に降ろし、「手をつなごう。切り株につまずくといけないから」と言った。そしてぼくらは歩きつづけた。もう家というとき、ぼくは切り株につまずき、それが胃に突き刺さった。ばあちゃんはぼくの胃から切り株を抜いた。でももうぼくは死んでた。

「あたしのせいだ」とそのときおばあちゃんは、できるだけ高く起きあがりながら、言った。

「あたしのせいだ、家までおんぶしてこなかったから！」

「ばか言うな！」とおじいちゃんがおばあちゃんに言った。「この間抜けが足の置き場を知らんのが、どうしておまえのせいなんだ！」

ぼくのかあちゃんはすごく大きな声で泣き叫び、部屋から飛びだしてきた。

「あたしにはこの子しかなかったのに、ろくでなしども！」と言い、おばあちゃんからぼくをひったくり、腕にかかえた。

「もうなんのために生きたらいいの！」とまた言い、死んだぼくといっしょに中庭に出た。

中庭にはひどい霧がかかっていた。セレスティーノは霧の中にいて、ぼくがかあちゃんに抱きかかえられて通っていくのを見て、頬笑んだ。「今夜、クモを焼こう」と、いたずらっ子みたいに頬笑みながら、そう言うのが聞こえた。でもぼくはなんにも言わなかった。ママがぼくの話を聞いて、セレスティーノが近くにいるんじゃないかと思う、それが恐くって。

「うん」とぼくはその晩から二、三週あとにセレスティーノに言った。というのもそのときまでぼくのかあちゃんはぼくを抱いたまま放してくれず、まるで気狂いみたいに山中を歩きまわって、もう裸同然、足はずたずたになって家に帰ったとき、ようやく放してくれたのだから。

とうとうクリスマスイヴが近づき、ぼくのいとこはみんな、おばさんたちまで引きつれてやって来た。おばさんたちはとっても騒々しくて、けんかばかりしてる。でもぼくのいとこたちはちがってて、おばさんたちの話だと、いつもおばさんたちを苦しめてる。ぼくのおばさんは十一人、ぼくのいとこは五十人以上……。家にはすごい数の人！　すごい人！　ことしはめったにないようなクリスマスイヴになりそう。もう子豚は串に刺してあるし、ぼくらはみんな、緑のバンレイシやアリでいっぱいの林で遊んだり、歌ったりする。いつもクリスマスイヴだったらほんといい！　そうならぼくのいとこたちは一年中家にいることになる。そしてぼくは好きなときにいとこたちと遊べる。いつもぼくらはマタリレロンや石蹴りやかくれんぼをすることができる。どんなことでも。でもそれもいとこたちがずっといっしょにいてくれたらの話。もう帰らないといいんだけど！……いとこたちのコロスが女のいとこたちのコロスに近づき、〈人選び〉が始まる。さあ、ぼくらは女の子に仕事を探してやらなくちゃいけない。

書き物はすべて地上の境界の彼方に通じる。

――チャールズ神父

どんな仕事につけましょか、マタリレリレさん。
どんな仕事につけましょか、マタリレロンさん。

お針子にしましょ、マタリレリレさん。
お針子にしましょ、マタリレロンさん。

彼女はその仕事が気に入らない、マタリレリレさん。
彼女はその仕事が気に入らない、マタリレロンさん。

ぼくらは午後はずっと、マドルライラックの丸太でできたとっても大きな馬に乗った。かわいそうな馬たち！　もうきっとへとへとになってる！　牧場につれてってやったほうがいい。セレスティーノとぼくは丸太の馬に乗って駆けだし、馬が逃げないようにエビスグサの茂みにくくりつける。この馬たちはまだ半分野生なので、しっかりつないでおかないと、楽々と逃げてしまうから。なんていやなやつら！

きみの女のいとこたちがサクランボの木の上に板で家を作った。そして遊んでる。重みで折れそうな大きなサクランボの木の上にいるきみのいとこたちはとってもきれい！　いとこたちを見ろ！　いとこたちがままごとをしてるところを見ろ！　いま、かまどに火をおこしてる。見ろ！　とっても高い枝に置いた古いテーブルや大きな板の上で遊んでるのを見ろ。家は何階もある家なの、といとこたちは言う。そのとおり。きみのいとこたちの人形の家はとっても高くて、とってもきれい！　そこで歌ったりけんかしたり、掃除したり料理したりしてる。いとこたちを見ろ！　いとこたちを見ろ！　きょうはお呼ばれの日みたいだ。というのもみんな同じとこにいて、話しに話してるから。自分の娘のこと、カメレオンのミルクを一杯飲んで人形のひとりがかかった病気のことを話してる。どこの家でもはやってる水疱のことを。いとこたちにとってミツバチは精霊で、一匹がサクランボの花の蜜を吸おうとして横切ると、いとこたちは十字を切り、ほんとにお祈りするみたいに唇を動かす。見ろ！　あの上で、ままごとをしてるきみのいとこたちを見ろ。話しに話し、ひとりがコーヒーをいれはじめると、もうひとりは枝と枝を結んで袋を作り、寝たくなさそうな人形を揺する。きみはサクランボの木のてっぺんまでよじ登って、その人形の尻を四回蹴とばさなくっちゃいけないのでは？　きみはその赤ん坊の父親で、尊敬の念を抱かせなくちゃならない。でもだめだ……、きみが登りたくてたまらないのは分かってるけど、きみはそうすることができない。下からいとこたちを見て、がまんするんだ。きみは女の子じゃない。〈**おまえは男の子なんだから、いつも女と遊んでちゃいけない**〉……。きみは男の子なんだ……。

「この間抜け！　また女の子といっしょ！……」

その人形は泣き、足をばたつかせつづけたけど、大きく揺れてハンモックから飛びだし、枝から枝へころげながら、鶏の糞だらけになって地面に落ちる。そのサクランボの木にも雌鶏が寝てるから。きみはその人形のいるところまで走り、両手に糞が落ちるのも気にせずに急いで拾いあげ、糞まみれの人形といっしょに走り、ピンギンの茂みの陰に隠れる。

いまきみはその人形を揺すり、キスする。キスするときみの唇は鶏の糞にまみれる。でも、近くにいて、きみをなぐりつける人がいる？　だれも。だれもきみを見ちゃいない。きみはほんとになんでも好きなことができる。だれもきみを見ちゃいない。チャンスだ。

「あの女たちはぼくみたいにはきみの世話ができないんだ……。おいで、じっとして！　このピンギンの陰で、ぼくとじっとしてて。さあ、だれもたたかないから！　ここでぼくとじっとしてて、あんなぼうっとしてる女たちなんか気にしないで。いまきみはここで、ぼくとふたりっきりなんだ！　泣かないで！　泣かないで！　もう揺すってあげてるだろ。もう揺すってあげてるだろ！」

揺すれ。揺すれ。

「さあ、口を閉じて。男の子たちに見つからなきゃいいけど！　ぼくがボロの人形とばかなことしてるのを気づかれなきゃいいけど。黙って！　黙って！　黙って！　泣かないで……」

揺すれ。揺すれ。

「もうぼくを捜してる！　もう来る。急がなくちゃ！」

「急げ。急げ」

「近づいてきてる！　人形とこんなことしてるところを見つかったら、石をぶつけられる」

みんなは近づいてくる。人形とそんなことしてるところを見つかったら、きみは石をぶつけられる。ズボンのボタンをかけろ。もう近くにいる。それはまたの日にとっておけ。じっとしてるんだ。人が来る……。

「さあ、泣かないで、揺すってあげるから。泣かないで、だれも見てないから。ヒューて鳴らしたのはトカゲだよ。あのいやなトカゲたちはぼくを死ぬほど憎んでて、ぼくを困らせることばっかりするんだ！　でも気にしないで、トカゲでしかないんだから。さあ！　さあ！　もう終わる。トカゲなんだ！　トカゲ！　じっとして！……トカゲ！　トカゲ！……」

男の子の一団が近づいてくる、それもきみのじいちゃんを先頭に。もう来る。もうきみを見つけた。きみがいやらしいことをしてるところを見つけた！　きみが終わってたって関係ない。とにかくもうきみを見たんだ。捕まる前に逃げろ！　逃げろ。もうズボンを上げてる暇なんかない。逃げろ。逃げろ。

ぼくのいとこはみんなぼくを見た。ほんと恥ずかしい！　恥ずかしくって死にそう。どんな顔していっしょにまた遊んだり、その辺に出かけて鳥に石をぶつけたりしたらいいんだろう。ほんと恥ずかしい！……。ぼくのかあちゃんまで話を聞きつけ、ぼくがズボンをまくりあげ、汚れた人形といるところまで駆けてくる。

「人でなし！　人でなし！」

あれはきみのばあちゃん。あの叫びよう。あのとってもいやな女は顔も見たくないくらいきみを憎んでる。ぼくが台所に行くときまってお湯をぶっかけるし、いつだったか、もうちょっとでぼくの頭はニンニクをつぶす石でこなごなになるとこだった。とってもひどい女！　心底、きみを憎んでる。

「恥知らず！……。このまえあたしの鶏の首をしめた。いつも午後に卵をひとつ産んでたのに」

「このばか！　恥を知りなさい、恥を。もうおまえは子供じゃない」

「間抜け！　捕まえて去勢してやるから待ってろ」

あの声を聞け。あれはきみのじいちゃん。じいちゃんも**善良ぶった人たち**の仲間。ぼくはあのいまいましいじじいをほんと憎んでる。こうしたことをぼくに教えたのは自分じゃないってみたいだ！　そう、じいちゃんだったんだ。雌の子馬たちを川に水浴びにつれていくと、いつも馬を洗ったあと、はみをぼくに持たせて抑えつけさせ、馬たちを後ろからさんざんもてあそんでたんだ。

「捕まえろ！　捕まえろ！」

きみのいとこたちの声を聞け！　ぼくとおんなじで、けがらわしいことをしてるいやないとこたち。いつだったか、かわいそうに雌の子山羊を殺してしまった……。でも、とにかく、ほんとみんなに恥ずかしい！　もうみんな、それを知ってるんだから。そしてあのいとこたちはだれにも知られないようにして、いつもそんなことをしてたんだ。ほんと恥ずかしい！　もうみんな知ってる。そしてセレスティーノだって知るようになる。セレスティーノは一度だってそんなけがらわしいことはしたことがない。恥ずかしい！　恥ずかしい！　あんなふうにかっとならないよう去勢されてるほうがいいのかもしれない。ぼくはそうすべきなんだ。チャンスがあったらすぐ、砥石でナイフをといで、去勢しよう。それはきみがすること。それはぼくがすること。もうみんなが駆けてくる。もうきみを捕まえる。逃げだせ。逃げだせ。

「くそじじい！　斧なんかでやられるもんか」

「止まれ、ろくでなしが、逃げれると思うな！」

「捕まえろ！」

「あれがあたしの鶏の首をしめたんだ！」

「逃げてく！」

「まあ！　裸で走ってる。恥ずかしい！」

「行く手をふさげ！」

「ねえ、**チンチン**に引っかき傷ができるわ！」

「ろくでなし、もう二度とぼくを見かけなくなるさ」

「おまえなんか死んじまえ！」

「野蛮人！」

「間抜け！」

「ねえ、引っかき傷をつくらないうちにズボンを上げて！」

「犬をけしかけろ！」

「放っとけ。街道に出たら、豚箱にぶちこんでくれるさ」

「捕まるもんか！　捕まるもんか！」

「まるで悪魔がのりうつったみたい。ごらん、その人形になにをしたか！……」

「なんてことを！……」

「ああ！　それにあんたたちは見てないけど、毎日玉子を産んだ鶏……」


「アベ、マリア、恩寵に満ちた。主はあなたとともにあり。御子の祝福されんことを。聖母マリア、神の御母。神の御母、神の御母、神の御母……」

「どうしたんだい？」

「お祈りの本のこのあたり、何枚かたりない」

「まさか！　いったいだれがそんなことしたんだろ」

「ぼく、だれか知ってる」

「だれ？」

「言わない」

「言うんだよ、床にぶつかって粉々になりたくなかったら」

「お祈りの本のページを破れってだれがおまえに言ったんだい？」

「ぼくはお祈りの本だと知らなかったんだ」

「おまえなんか棒でなぐり殺されるのがおにあいさ！　あたしたちがどんな恥ずかしい思いをしたか。トマシコの奥さん（地区中でたったひとり、字が読める女）を呼ぶ、おまえのおっ母さんの死後九日間のお祈りを読んでもらうために馬で迎えにいって、お礼に七面鳥を二羽、やらなきゃなんない。そしておまえはあんなことをする。おまえなんか棒でなぐり殺されるのがおにあいさ！」

「いとこのせいだよ。この家に来てからというもの、いやらしいことしか教えないいんだから」

「うそだ！」

「おばあちゃんに口答えする気か？　これでも食らえ！」

「うそだ！」

「食らえ！」

「セレスティーノはなんにも教えなかった！　ぼくはみんな前から知ってたんだ！」

「口を閉じな！　つぶしてほしくなかったら……。あのとんまが木という木の幹をいけない言葉だらけにしたのを見ると、顔が真っ赤になる。それにおまえのじいちゃんはもう腎臓が痛くてたまんないありさま。あの間抜けが落書きした木を一日中切り倒さなくちゃならなかったから……」

「そうじゃないよ！　セレスティーノが書いてるのは詩なんだ……」

「詩も糞もあるか！」

「詩だよ、ぼくにそう言ったんだ！」

「そしておまえはあの恥知らずの言うことはなんでも気にかける！　あれはプーポんとこの子供にまちがいないね！……あのごろつきの父親がカルメリーナを嫁にもらいに来たとき、あたしゃ、おまえのじいちゃんにはっきり言ったんだ。あの男はまったくの役立たずだって、あたしゃ、はっきり言ったんだよ。なのにじいちゃんは、カルメリーナが片づくもんだから、あいつにやってしまった。その結果がほら、あのいやな子供。なんにもうまくできない、することと言えば木にいやらしい言葉を書くことだけ。そしてじきあたしたちゃ、暑さで丸焼きになるんだ。なぜって中庭には、おまえのじいちゃんが切り倒さなくてもすむような木は一本も残らないから。ああ、字の読める人がこのあたりを通りかかって、木に書いてあるあのいやらしい言葉のひとつを見たら、そう思うと、恥ずかしくってたまらない。あたしたちのことをなんて思うか！」

「セレスティーノの書いてること、分からないくせに！　ばあちゃんも読めないのに」

「あたしゃ読めない。けど、トマシコの奥さんは読めるんだよ。だからセレスティーノが落書きした木の幹までつれてったんだ。かわいそうにあの子は死んだおっ母さんの名前を書いてるんだと思ってね……。死んだおっ母さんの名前！　だれが自分のおっ母さんなのか、それさえ覚えちゃいないんだ。そうなのさ、おまえが聞いてるとおり。そして、あたしの覚えちがいじゃなかっわたしは、たえず、自分になる人間である。

——トリスタン・コルビエ

たら、トマシコの奥さんが読んでくれたのにはこんなのがあったよ。『ぼくのかあちゃんはだれ？』、『ぼくのかあちゃんはだれ？』、『ぼくは便所をさがすけど、姿は見えない』……。いいかい、おまえ！　死んでまだ一週間にもならないんだよ、ところがあの子はもうだれだったのか覚えちゃいないんだ……。そしてそのあと、便所をさがす、なんて言う！　最低だね！　死んだ女を便所で探す！　まるで糞みたいじゃないか！」

斧の音がいまずっとはっきり聞こえる。たえず書きつづけているちっちゃい年寄りのセレスティーノの姿が、大きな木の幹と幹のあいだにまぎれて、ときどき見える。ぼくはセレスティーノに近づき、ちょっとのま見つめる。でもすぐうつむき、道に坐って見張る。そして耳を澄ましていると、斧の音がだんだん近づいてくるのが分かる。

セレスティーノにはなんにも聞こえない。一週間前から昼も夜も休まず、全然なんにも口にしていない。ぼくは家に駆けもどり、ばあちゃんから食べ物をくすね、持ってきてやる。でもぼくのことなんかこれっぽちも気にせず、まるで気狂いみたいに書きに書いてる。セレスティーノが記してるものはよくない言葉であるはずがないとぼくは思う。そんなはずはない。とってもきれいなことを書いてるにきまってる。トマシコのあのとってもばかな奥さんには分からないんだ、ぼくもだけど、だからあの女は、けがらわしい、なんて言うんだ。野蛮人ども！……なにかが分からないとすぐ、ひどい、きたない、なんて言う。けだものども！　けだものども！　けだものども！……ぼくにせめてその〈けだものども〉っていう字の書き方が学べたら。それをざっと書くことが学べたら。だれかが教えてくれたら……。ぼくが知りたいのはその言葉だけで、まず幹という幹に書きはじめ、そしてグアバの木の枝にも、たくさんとげのあるカポックにだって。全部に記してやるんだ、〈けだものども〉、〈けだものども〉、〈けだものども〉って。その言葉が書いてないような木が一本もなくなるまで。するとあのいやなじいちゃんは怒り狂って、木をつぎからつぎへと切り倒す。そして切り倒そうとする木の一本一本に、〈けだものども〉って言葉をまず目にする。そうして切り倒しつづけると、木々はじいちゃんに**けだものども**って言いつづけることになって、やがてじいちゃんはもう切れなくなり、へとへとになって地面に倒れる……。でも、だめだ。そんなことにはならない。なぜってあの乱暴なじいちゃんはすごくばかだから、ぼくとおんなじで、Oという字だって知らない……。でもセレスティーノがなにを書いてるのかぼくは分からなくたってかまやしない。とってもきれいなことだってことは知ってるんだ。きたないことだったら、ぼくの家族は彼を責めたてそうにないもの。


「じいちゃんが来るよ、怒りまくって！　急いで逃げよう！」

「どこへ？」

「あっち」

「あっちだと、じいちゃんが来る」

「こっちに行こう」

「そっちにも立ってる」

「あの角に行こう！」

「そっちに駆け寄ってる」

「飛び立とう！」

「見ろ、あそこ、雲のあいだを、両手で斧を持ってる」

「どしたらいい！」

「分かってもらえるといいんだけど」

「でも、どうやって？」


ばあちゃんとじいちゃんはぼくらを川につれていった。

でもふたりは泳ごうとしなかった。

どうして泳がないのってぼくが聞くと、もうそんなことするような年じゃない、おまえたちが泳げ、と言った。

そこでぼくは川に飛び込んだ。

そしていとこたちのそばで泳いだ。

ぼくらは大勢だったので川におさまりきれないくらいだった。そしてぼくはもぐり、セレスティーノのいるところまで泳いでいって、深い水たまりに押した。

セレスティーノはおぼれてかけていた。でもぼくは走って、助けた。

「おぼれさせとくなよ」とセレスティーノは言って、ぼくの首にしがみついた。「おぼれさせとくなよ!」

そしてぼくらは岸まで泳いだ。

それからぼくは彼を草むらに寝かせ、ほかのいとこたちのところに行った。

「セレスティーノはどうしたんだい?」とばあちゃんが言った。

「おぼれかけてたので、ぼくが助けた」とぼくは言った。

「なんて子たちだ。いつも土左衛門ごっこなんかして!」


ぼくは一晩中寝なかった。セレスティーノは具合がよくない。でもなんにも言いたがらない。でもとにかく具合が悪いってことをぼくは知ってる。シーツはセレスティーノの出す熱で焼けるくらい熱いし、まるでだれかが小便したみたいに、汗をたくさんかいてグショグショになってる。

「きみは死にかけてる」

「なにをばかなことを!……」

「ケアリタソウをせんじてあげようか?」

「いらない」

「なにがほしい?」

「なにも。一月がぼくに言ったことを思いだしてるんだ」

「へえっ!」

「きみも思いだしてるだろ?」

「思いだしかけてるんだけど……。でもまだその言葉が見つからない」


とうとうクリスマスイヴの日になった。ぼくはずいぶん早く起きて、大声をあげはじめる。みんなが目を覚ますように。いとこたちのワイワイガヤガヤはきりがない。おばさんたちはありったけの声を張りあげてけんかするけど、なにをしていいのか分からない。男の子たちはみんな右に左に走りまわり、ベッドからベッドへ跳んだり、大声を出したりしてるけど、ぼくらは頭にいろんなものをぶつけあう。ばあちゃんは怒り狂ってる、というのもじいちゃんが酔っぱらってて子豚を殺そうとしないから。

「なんでもかんでも、いつもあたしがすることになるんだ! あたしゃ、この家の奴隷だよ! そのじいさんにできるのは酔っぱらうことだけ、それだけさ!」

「それだけ?……」とひとりのおばさんが聞き、ほかのおばさんみんなが笑いだす。とってもたちの悪いおばさんたち……。

ほんと、すごい騒ぎ。ほんと楽しい。ぼくは中庭まで駆けていき、ひとっ跳びしてカポックの木のてっぺんに上がる……。セレスティーノがそこに、自分の巣にいる。「きょうはクリスマスイヴの日だよ」とぼくは言う。「楽しくない？」。「ああ、ああ、とっても楽しいよ」と答える。でもとっても悲しそうに見える。「きょうは巣から出ようとしないでね」。「ああ、出ない。鳩が一晩中帰ってこなかったから。だからここにいて、卵を温めなくちゃいけないんだ……」。ぼくは一瞬とっても真面目になった。でもすぐにひとっ跳びし、大笑いし、そして、ひとつの雲によじ登りながら、セレスティーノに「よし、あとでパーティがどんなか話してあげる。それにお菓子やなんかを持ってきてあげる」

子豚はもう串に刺さってる。ばあちゃんは三匹をいっぺんに焼く。じいちゃんがベッドから起きあがれなかったから（じいちゃんは窓から飛びだして、山に行ったとぼくは思うけど）。そしておばさんたちやいとこたちは居間で踊ってる。きょう、ぼくのかあちゃんはなんてきれいなんだろう！　ぼくのかあちゃんも居間で踊ってる。きょう、ぼくのかあちゃんはなんてきれいなんだろう！　いつも着てるごわごわの黒い服を脱いで、クロトンの葉みたいなとっても大きな花がらのドレスを着て踊ってるし、いとこの一団はひとつのスツールの座面をたたいてとっても楽しそうに歌ってる。セレスティーノはときどき巣から降り、飛びまわりながらぼくのところまでやってくる。セレスティーノが来るのはぼくにしか見えないけど、すごく真面目な顔をしてすぐにまた帰っていく。そしてぼくはちょっぴり心配になる。でもパーティーがとっても盛大で、ワイワイガヤガヤ、笑い声や大声のあがるすごい騒ぎなので、セレスティーノのことはすぐに忘れかける。それでもとっても静かに空中を飛んできて、ぼくの肩のひとつに止まると、セレスティーノがいることに、セレスティーノがあの上で、カポックの木のとげのあいだで、自分のでもない卵をいくつか温めてることに気づく……。とうとうばあちゃんが串から子豚を外し、ダイオウヤシの上に置く。ぼくらはそれに飛びかかる。でもばあちゃんは棒をつかんで、ぼくらを抑え、そして言う。

「並ぶんだよ、痛い目にあいたくなきゃ！」

おばさんたちは踊るのをやめる。とってもおかしい！　おばさんたちはみんなひとりで踊ってる。だれも夫がいないから。おばさんたちにがまんできるような男はいないんだ。ほんの数人のおばさんは結婚したけど、それもほんと奇跡で、夫たちは自分が背負い込んだのがどんな女か気づくと、跡形もなく消えてしまう……。ぼくのばあちゃんの話だと、おばさんたちは洗濯女のトーニャがかけた呪いのせいで男運が悪いんだそうだ。その女の人はじいちゃんにずっと恋してたんだけど、魔法のかかったコーヒーをばあちゃんに飲まされた。そしてその女の人は死んだ。でも死ぬ前に、「ろくでなし、あんたがあたしにかけたこの呪いはあんたの娘たちに散らばるからね」と言った。そして見事散らばったみたい。というのもみんなだれにも好かれもしなければ見つめられもしないまま、行く末が定まらないんだから。

いまみんなテーブルについてる。もうきみに食べ物を出す。きみのかあさんはきみがとっても好きで、きみのためにいちばんおいしいところを探す。でもきみはそんなにたくさん食べちゃいけない。きょうは大事な日だってことを思い出すんだ。

いまみんなテーブルについてる。とうとう大事な日のその時になった。

おばさんたちのコロスが、ボロを着て入ってくる。

小妖精たちがいくつかのグループになってやって来てる。そしてきみの死んだいとこたちはもう輝き、いつもの形になっている。

きみのかあさんは台所からけんかしながら出てきて、「彼が子豚を丸ごと食べちゃったわ」と言う。

ばあちゃんは、赤ワインを飲みすぎたけど、いまはゆでたバナナの一切れを食べてて、きみを見ては床にはきだす。

魔女たちが到着する少し前に、じいちゃんが死んだ鳥を両手で持って入ってくる。

ばあちゃん　（じいちゃんに）酔っぱらい！　どこにもぐりこんでたんだい。この怠け者！　この家じゃ、あたしゃひとりで、なにもかもしなくちゃいけないんだ。それなのにあんたは、こののらくろ！　あんなとこで、鳥なんか捕まえてる……

じいちゃん　わしゃへべれけだが、だからといって的は外さねえ。それに今夜はおまえに見せてやるんだ……

ばあちゃん　このブタ！

じいちゃん　狙いはしっかりしてるぞ。いいか、わしゃ、カポックの木を調べに行った。あのとんまなセレスティーノがそこになんかいやらしいことを書いてないか調べにな。そしたら、ほれ、これを見ろ、めったにいねえ鳥だ！　この色を見やがれ！

きみ　見せて！

じいちゃん　引っ込んでろ、くずが！　いつも糞まみれの手をしやがって。

ばあちゃん　あんたは子供よりしまつにおえないよ。きょうみたいな日に鳥をとりにいってるんだからさ！　家にはいっぱい仕事があるっていうのに。

じいちゃん　なんにもとりにいかなかったぞ。たまたま巣を見つけたんだ。脅してやるつもりで石を投げた。そしたら死んで地面に落ちたんだ。

きみ　見せて！

おばさんたちのコロス　なんてしつこい子！　どしたらこんなになれるの！……どうしてその鳥が見たいの？　あたしたちにぶたれたくなきゃ、じっとしてるのよ。おまえのデブの母ちゃんたら手を出さないんだから。ああ、でもあたしたち相手じゃ話は別。おまえの父ちゃんとおんなじぐうたらになろうなんて考えないでよ！

おかあさん　まず、あたしを殺して！

ばあちゃん　野蛮人！　どうしてそんな言い方ができるんだい、彼が聞いてるって分かんないのかい？

おばさんたちのコロス　（ばあちゃんに）彼女はうまいこと言ったわ。ぐうたらな子供をもつことほどひどいことはないもの。死ぬことよりもね！

ばあちゃん　けだものども！

死んだいとこたちのコロス　すっごく悲しい。ぼくは小川に釣りに行って、ピティ一匹釣れなかった。帰り道、なにをしたらいいのか分からなかった。そして突然、夜になった。そこでぼくは石に坐って泣いた。でもだれも来なかったし、「どうしたんだ」って聞いてもくれなかった。

魔女たち　（居間のドアから入りながら）だれも来なかったし、「どうしたんだ」って聞いてもくれなかった。

死んだいとこたちのコロス　きょうぼくは悲しい、そのことを知ってるのは井戸だけ。ぼくのそばで井戸もどんなに泣いたか、きみが見てくれてたら。でもそんなことじゃちっとも慰めにならなかった。だって分かってるもの、その井戸はぼくだってこと。だからぼくの話を聞いてくれるんだ。でもそれだから、だれもぼくの話を聞いちゃくれない……。一晩中ぼくは生きてる人に全然会わなかった。死んだ人たちや木ばっかり。それで木に落書きしはじめるしかなかったんだ、少なくともみんなにちょっとでも分かってもらえるように。

魔女たち　ちょっとでも分かってもらえるように……。

死んだいとこたちのコロス　でもぼくはひどくばかで、書き方を知らない。そしていま、ぼくはでたらめを書いたんじゃないかと思ってる。とにかく気分はよくなってる。明け方家に着くと、そこにそいつがいて、眠ってる。だれなんだろう？　一度も話したことがない。一言も口をきいたことがない。でもずっとそこにいて、もう眠ってる。ぼくを待ちながら。というのもそいつがぼくを待ってたってことは分かってるから。そしてぼくが遅れたので、眠り込んでしまったんだ。でもたとえそうでも、ぼくを待ってたってことは分かってる。

魔女たち　ぼくを待ってた。

死んだいとこたちのコロス　でもぼくはそいつを起こすのがとっても恐い。というのも、どうかな……、たぶんぼくを殺すために待ってたんだ……

小妖精　ぼくの目を見たら、きみは息絶える！

別の小妖精　息絶える！

小妖精たちのコロス　ぼくの目を見ろ！　ぼくを起こして、ぼくを見ろ！

（みんな食事をする。夕食を中断することなく、会話は続く。）

おばさんたちのコロス　（きみに向かって。食べつづけながら）おまえ、顔色が悪いわよ、悲しいんだ。
きみ　ううん。
おばさんたちのコロス　そんなことない、目を見れば分かる。おまえ、病気よ。おまえのかあちゃんに寝かせてもらったほうがいい。
きみ　ほっといてよ。
おばさんたちのコロス　おまえは死にかけてる！……とうとう！　とうとう、死にかけてる！
じいちゃん　この鳥の目を見たら、おまえは息絶える！　息絶える！　息絶える！
おかあさん　（テーブル越しにきみにさわりながら）ほんと、熱がある。（立ちあがり、うめき声を上げる。）あたしの子が死にかけてる！
じいちゃん　目を閉じたら、鳥がおまえを見てるのが見えるぞ！
おかあさん　死んでしまう！……
じいちゃん　目を開けたら、鳥がおまえを見てるのが見えるぞ！
おかあさん　死んでしまう……
おばさんたちのコロス　ろうそくを持ってきて！　ろうそくを持ってきて！　とうとう！
おかあさん　ああ！
きみ　鳥を見せて！　鳥を見せて！

じいちゃん　（とっても楽しそうに）ほれ！　見ろ！

きみ　セレスティーノ！

じいちゃん　そうだ、おまえだ！

おかあさん　死んでしまう……

おばさんたちのコロス　とうとう！　とうとう！　あたしたちが喜ぶのもあたりまえ。もう彼は自由になったもの。ここで不幸なのはあたしたち。あたしたち、犠牲者たち、その酔っぱらいのじじいと気のふれたばばあの娘たち。

ばあちゃん　（ずっと食べつづけながら）性悪ども！（食べつづける。）

おばさんたちのコロス　そうよ、性悪よ、あたしたちは。あんたは少なくとも子供をたくさん産むチャンスがあった。あたしたちのそれぞれが、いったい幾晩、楽しい夜をあんたにあげた？いったい幾晩？　百？

じいちゃん　（いたずらっぽく）おっ、もっと、もっと……

おばさんたちのコロス　二百七十？　二百七十よね、ぴったり。がんばった夜が二百七十、不幸なあたしたちのそれぞれに。

じいちゃん　そのとおり！　そのとおり！　ときにはもっと……

ばあちゃん　（食べるのを中断して）性悪ども！

おばさんたちのコロス　五十年か、もっと長いあいだ、あたしたちは飢えに苦しむことになる。

あたしたちは土を食べる。男なしで生きるのよ。この老いぼれたちが毎晩楽しみたくなったばっかりに。

ばあちゃん　性悪ども！

おばさんたちのコロス　性悪ども！　性悪ども！

ばあちゃん　（じいちゃんに）ここじゃクリスマスイヴはいつもこんな終わり方。ああ、なんてこと、この家の悲劇ってなんてひどいんだろ。あたしゃ、人間を産まずにけだものを産んでしまった！　一年に一日だってのんびりすることが、人間らしく、いっしょに食事をすることができない。けだものども！　あんたたちは性悪だよ。あたしにどんな責任があるってんだい、あんたたちがいっしょに寝る男が見つからなかったからといって。あたしゃ、見つけた！　ほら、ここにいる！（じいちゃんのほうを指さす。）

じいちゃん　（死んだ鳥を持ちあげながら）おれはここだ。

ばあちゃん　そいつがあんたたちの父親だよ。そいつともけんかしな。あたしひとりじゃ産めなかったんだから。そんなことができてたら、もっといいものを産んでたよ。あんたたちの父親がいつも作ったようながらくたなんかじゃなくって……。ほかのものは作れなかったんだ。いい亭主、それをあたしゃいつも必要としてたんだ！

じいちゃん　ちくしょう！

ばあちゃん　いい亭主！

おばさんたちのコロス　いい亭主！　いい亭主！……。（何人かが組んで踊り、おじいちゃんとおばあちゃんも踊る。）いい亭主！（じいちゃんはテーブルの上に鳥を放り、踊りつづける。）

おかあさん　（叫びながら）死んじゃった！　死んじゃった！

（きみは立ち上がり、いとこたち、小妖精たち、魔女たちの一団のほうに向かう。）

死んだいとこたちのコロス　（立ち止まりながら）おまえは約束を、おれたちに言ったことを果たしてないなら、ここへ来るな！（彼を追い返す。）

きみ　もうぼくは死んでるよ。

小妖精　生き返る。

きみ　なんだって？

小妖精全員　知ーらない！

魔女　見てみよう……

魔女全員　見よう……

死んだいとこ　（泣きながら）セレスティーノ！　セレスティーノ！　よくもまあ手ぶらで来れるもんだ！……

きみ　ぼくは寿命が来る前に殺されたんだ。

おかあさん　（きみに近づき、きみをなでて泣く。）ああ、おまえ。この世でたったひとつあたしに残っていたもの。この先、あたしはどうなるの。（泣くのをやめ、おばさんたちやおじいちゃん、おばあちゃんと同じように、耳障りな音楽に合わせて踊りつづける。）

魔女たち　泣かないで。まだすることが残ってる。

きみ　ぼくになにができるの、死んでるのに。

魔女　生き返るってこと！

きみ　また殺されるよ。

死んだいとこ　そうさ、でもその前に約束を果たせ。

魔女たち　約束！　約束！

魔女　生き返れ！

魔女たち　約束！　約束！

魔女　生きろ！　生きろ！

死んだいとこ　この果物ナイフをとれ。おまえを殺したやつ、セレスティーノを殺したやつの背中に突き刺してやれ。

小妖精たちのコロス　セレスティーノを殺したやつの！　セレスティーノを殺したやつの！

いとこ　待て、刃をとがせてくれ。（ナイフの刃をとぎ出す。）さあ、とげたぞ！　うまく首にめり込ませろ！

今年、自然は誰のために装うのか？

――潘遠沢

魔女たち　（興奮して楽しそうに、まるで突然救いの言葉を見つけたみたいに）首に！　首に！
（そのあと叫び声は小さくなっていき、最後には消える。すると死んだいとこたちの合唱が始まる。）

死んだいとこたちのコロス　（とっても楽しそうに）首に！　首に！　首に！（声はだんだん小さくなっていき、やがて聞こえないくらい小さくなってしまう。）

魔女　もう生きてる！

死んだいとこ　（きみに抱きつきながら）たっぷり深く突き刺したままにしとけ。思いだせ、あいつがおれたちみんなを殺し、セレスティーノを殺し、おまえを殺して、またおまえを殺そうとしてるってこと。

きみ　（両手でナイフをにぎりしめて、テーブルの上を歩きながら）きょうぼくらはとっても遅く山から帰った。カイニットをつんだり、トカゲに石をぶつけたりしてとっても楽しんだけど、そのトカゲは石があたるたびに色を変えてた。ぼくらが家に着くと、セレスティーノは、いつものように、ぼくをひとりドアのところに残す。そしてぼくのかあちゃんが出てきて、だれに殺されたのって聞く。

おかあさん　（踊るのをやめ、テーブルに駆け寄り、きみを抱きしめる）だれに殺されたの！　だれに殺されたの！（また踊りに加わる。きみはテーブルからぴょんと飛び降りる。）

おばさんたちのコロス　（踊りつづけながら）ああ、夫、ああ、夫！

きみ　（声、食堂の外から）ここはいったい、どこ？　ここはきっと魔女たちの住んでる場所なんだ。入ってみる？……（沈黙。）いいよ、いやなら入らないでおこう。

魔女たちのコロス　入れ！　入れ！

きみ　（食堂の外からの声）ぼくらを呼んでるよ。相手にしないほうがいいな。（いまきみはナイフを持って、おじいちゃんが踊ってるところまで、近づく。）

おばあちゃん　（踊りつづけながら、きみに向かって）また遅れた！　もうなんにも残り物なんかないからね！

おばさんたちのコロス　甘えん坊！　もうしょっちゅうあたしたちに怒られてるような年じゃないんだよ。

おかあさん　ああ、この子はあたしを殺すんだ。もうだめ！

（きみは、ナイフをずっと背後に隠しながら、スツールのひとつに坐る。いまはみんな動かない。斧の立てる音だけが、斧の切る、斧がたえず切る音だけが聞こえる。）

ばあちゃん　もうあたしたちゃ、くたくた！　そいつを殺したほうがいいよ。（食堂から出る。また斧の音が聞こえる。両手で斧を持って入ってくる。じいちゃんに向かって。）さあ、斧だよ、いま殺しな。

降誕祭《パスクワス》！……

――ぼくのじいちゃん

じいちゃん　よくとげてるか？

ばあちゃん　ああ。

おばさんたちのコロス　まず試して。失敗するといけないから。

じいちゃん　どーれ、ここに鳥を持ってこい。ばっさり切るとこを見せてやる。

死んだいとこたちのコロスの声　（食堂の外で）なあ、連中、間近に迫ってるぞ。ちょっとでいいから書くのをやめたほうがいい。急いで逃げだそう！

ばあちゃん　（鳥を持ってきて床に置きながら）さあて、その斧が切れるか切れないか、あんた、すぐ分かるよ。

じいちゃん　おたがい分かるって、なにせ、切れなきゃ、おまえの頭に振り降ろしてやるんだからな。

ばあちゃん　ばか！

（おじいちゃんはおばあちゃんをにらみつけ、斧を振り降ろそうとするけど、おばさんたちのひとりがあいだに入る。もつれあってるうちに彼女は致命傷をおい、足をばたつかせながら床に倒れる。）

じいちゃん　もうひとり、運のないやつがあの世に行く。

魔女たち　（ばかにするように頬笑み、甲高い叫び声を上げながら、闇から出てくる）あの世に！　あの世に！　あの世に！

おばさんたちのコロス　かわいそうな、みじめな女、彼女はそんなふうに終わる。あたしたちの終わり方と同じように。あたしたちが父親と思ってるこのけだものの斧の犠牲になって。もうあたしの子供はみんなあいつの斧にかかった。罰当たりなあたしたち！　こんな場面を眺めてなくちゃいけなかった。ものも言えず、文句も言えずに。泣くことさえ。でももうあたしたちの辛抱もおしまい。ラバみたいに働きつづけ、トウモロコシの葉っぱを食べつづけなくちゃいけないんなら、地獄のほうがいい！

魔女たち　（元気をとりもどして）地獄！　地獄！　地獄！

おばさんたちのひとり　（叫びながら）ああ、あたしを放っておいてちょうだい。たとえ地獄に行くことになったって！

（おばさんたちはみんな両手をのばして前に進む。）

おばさんたちのひとり　あたしの手を見て！　ズタズタよ！（両手を前のほうにいっそうのばす。）

ふたりのおばさん　（両手をのばして）こき使われて、両手がズタズタ！

おばさんたち全員　（もっと両手をのばしながら）これがズタズタになった手！

ひとりの小妖精　（片足で歩きながら）ズタズタ！　ズタズタ！　ズタズタ！

おばさんたちのコロス　ああ！

小妖精　ズタズタ！

おばさんたちのコロス　ああ！

小妖精　ズタズタ！

（おばさんたちはおじいちゃんとおばあちゃんに近づき、取り囲む。死んだおばさんが立ち上がり、魔女たちのコロスに加わる。）

ばあちゃん　（びっくりして。自分を囲んでるおばさんたちに向かって）あたしたちをどうしようってんだい！　あたしたちをどうしようってんだい！　あたしたちはあんたたちの親だってこと、思いだしな！

おばさん　（笑いながら）あたしたちの親！　（ほかのおばさんたちに向かって）いまの聞いたわね、あたしたちの親なんだって……

おばさんたちのコロス　（大笑いする。そのあと静かになり、おじいちゃんとおばあちゃんのまわりをグルグルまわりだす。）父さん母さん、ごめんなさい、でもきょうはたきぎ拾いに行けそうにない！

おばさんたちのコロスの声　（食堂の外で）父さん母さん、ごめんなさい、でもきょうは、たきぎ拾いに行けそうにない！　生理なの。

じいちゃん　くだらん！　くだらん！　そんなばかげたことをわしの耳に入れるな。わしの若いころは、そんなもん気にせんかった。

おばさんたちのコロス　（テーブルを背にするようじいさんたちを追いつめながら）両目をくり抜いてやるときが来た！

ばあちゃん　いかれてる！　酔っぱらってる！

おばさんたちのコロス　ふたりの腕を引き抜いてやるときが来たわ！

ばあちゃん　助けて！　助けて！　いかれてる！

おばさんたちのコロス　あたしの手を見て！　あたしの手を見て！　ズタズタになってる！……

（おばさんたちはおじいちゃんとおばあちゃんをつかまえ、テーブルに押しつけて揺さぶる。でもそのとき、おじいちゃんは彼女たちの腕からすりぬけ、床に落ちてる斧のところまで走る。おじいちゃんは斧を振りまわしはじめ、おばさんたちを脅し、大声で笑う。）

じいちゃん　わしの目をくりぬく、わしを殺す、それが簡単だと思ってやがる！　ところがどっわたしはわたしの運命。泣かせておいてくれ！
——キャラバンの歌

わたしは、この夢を再開するため、おまえの名を告げに来る。

——『愛撫の園』

こい。この年になったら、そんなことでびびるもんか。百年生きるつもりなんだぞ！　もっとかもしれんが……。この家じゃ、だれもわしからは逃げられん！　もう斧はまたわしの手の中だ！　おまえら全員の頭だって、割ってココナッツの碗みたいにできるんだ。でもそんなことはせん。おまえらはわしに仕えんといかん。わしに従い、わしが命じるときに死ななくちゃいかんからな。（おばあちゃんに向かって。彼女もおばさんたちのそばで、震えてる。）ここにその鳥を持ってこい。斧の切れ味をためしてやる。

（おばあちゃんは鳥をつかむ。とっても遠くから、とめどなくワイワイガヤガヤ騒ぐ音が聞こえ、男の子たちの笑い声、話し声、歌声を運んでくるみたい。野原で遊んでる大勢の子供たちのすごい騒ぎそっくり。きみはナイフをかざして進み、小妖精のひとりが先に立って、きみを守る。そうしてきみを生きてる人たちの目から隠す。）

じいちゃん　（おばあちゃんに向かって）床に置け！

（魔女のひとりがおばあちゃんから鳥を奪い、床に置く。）

死んだいとこたちのコロスの声　（台所の外で。歌いつづける）

アンボス・サドール、マテリレリレさん。
アンボス・サドール、マテリレロンさん。

（じいちゃんは斧を持ちあげる。）

魔女たちのコロス　その時が来た！　ついにセレスティーノは救われ、わたしたちのもとにもどってくる！

ひとりの魔女　わたしたちのところに！

死んだいとこたちのコロス　セレスティーノ！　セレスティーノ！

（小妖精たちはみんな食堂の中をあちこち走る。テーブルに上る。跳びはねる。スツールの上に立ちあがる。組んで踊る。一瞬もじっとしていない。おじいちゃんは斧をいっそう持ちあげ、死んだ鳥の首を切る用意をする。生きてる人たちの目からきみを隠してる小妖精がきみに先を譲る。きみはナイフをじいちゃんの背中の高さに上げる。）

ばあちゃん　ナイフ！

（おじいちゃんは素速く振り返り、きみを見つめる。きみはまだナイフをかざしてる。きみはそのナイフをじいちゃんの顔に突き立てようとする。おじいちゃんはきみに頬笑みかける。ナイフは床に落ちる。死んだいとこたちのコロスが叫び声を上げる。おじいちゃんはきみに背を向け、死んだ鳥に斧を振り降ろす。食堂のドアが開き、そこからセレスティーノが入ってくるが、目には見えない。きみは彼のところまで歩き、手を肩にまわして、言う。）

きみ　（片腕を宙に上げて）ごめん、きみを助けられなくて。ごめん、じいちゃんの顔にナイフを突き立てようとしたとき、ぼくを見て、ぼくに頬笑んだんだ……。

死んだいとこたちのコロス　ぼくを見て、ぼくに頬笑んだんだ。ぼくに。だれも一度も頬笑んでくれたことがないのに。

きみ　（ずっと片腕をのばしたまま）ぼくを見て、ぼくに頬笑んだんだ。そしたらもうぼくはできなかった。

死んだいとこたちのコロス　ぼくを見て、ぼくに頬笑んだんだ。ぼくに。尻を蹴られたり、背中を斧でぶたれたりすることにしか慣れてないのに。

（きみは死んだいとこたちの一団に混じる。手をのばして、セレスティーノを抱きしめながら。)

魔女たち　いまわたしたちにできるのは死んだいとこたちと帰ることだけ。もう探しものはなんにもない。おじいちゃんは最後の木を切ったところ。ところで、わたしたち、どこに、あの終わりのない、まだ始まってもいない詩を書いたらいいんだろ？　わたしたちは日にさらされて、たぶん長いこと夜になりさえしない。(死んだいとこたちのコロスの中に入り込む。)

ばあちゃん　(踊るのをやめながら。身動きせずに、窓から牧場のほうを見つめてるおかぁさんに向かって) ばかやってるんじゃないよ！　こうして彼がよくなってるのが分からないだろ。

(おかあさんはうっとりとしたままで、なんにも聞こえないみたい。)

おばさんたちのコロス　これでよかったのよ。結局、詩人の息子なんか持ってどうなるって言うの……。

じいちゃん　おまけにとんま！　とんまだったからな。子牛をつれてこいと言うと、いつも一、二頭行方不明にしてた。そしてなんでも、指図どおりにできたためしがなかった。「柵を閉めろ」と言うと、開けっ放し、「たきぎを探してこい」と言うと、ナンバンサイカチを持ってくる……。

おばさん　水をくんできてと頼むと、途中でバケツをひっくり返してた。
ばあちゃん　牛を移動しなって言うと、ムカデタイゲキの中で草を食わせるし……。
おばさんたちのコロス　役立たずだった！　役立たずだった！　木の幹に落書きしたり、いやらしい言葉を記したりして暮らしてた。
おかあさん　あんまりだわ！　ああ、あんまりだわ！
ばあちゃん　おまえのせいさ、甘やかしたんだから！　おまえのお腹からでてきたのは人間じゃなくって……ごみさ！
おばさんたちのコロス　ごみ！　ごみ！
じいちゃん　役立たずだった。朝飯分もかせがんかった。
おばさんたちのコロス　役立たず！　役立たずのごみだった！
ばあちゃん　それにほんと恥ずかしいことに、もうみんな、詩人だってことを知ってた……
おばさんたちのコロス　ほんと恥ずかしい！　ほんと恥ずかしい！　顔が真っ赤になる……
小妖精　（テーブルの上で、片足でとんぼ返りをしながら）「わたしの名はダレデモナイ。母親、父親、そして仲間たちはみな、わたしをダレデモナイと呼ぶ」……
別の小妖精　（テーブルの上で、片足で飛んだり跳ねたりとんぼ返りをしたりしながら、最初の小妖精のところまで来て、びんたをくらわす）ホメロス、『オデュッセイア』第九歌。
おばさん　スズメバチの巣を焼いたあとこの家はすっごく静か！……

おかあさん　この先、花にやる水をあたしひとりでくんでこなくちゃいけない……

死んだいとこたちのコロス　一月がまたぼくの前に現れた。それともぼくの想像なんだろうか……。自分が見てるもの、見てると想像してるもの、そのふたつがもう区別できない。でも、ぼくの前に現れたってことはほぼ確かだ。セレスティーノとぼくが草むらで横になってミミズを食べてるところまでやってきて、「すぐに記憶をとりもどすよ」って言って、ちょっとのま黙り込んで、また話した。「忘れた言葉を思いだしたとたん、とっても穏やかな安らかな気分で眠れるよ」。そんなことをぼくらに言った。そしてぼくは一月が雲まで上り、山のずっと向こうに消えてくのを見た。そしてそのとっても遠いところから、一月が言ってるのが聞こえてきた、「すぐに言葉を思いだすよ」「すぐに言葉を思いだすよ」

ひとつの声　（食堂の外で）一月がぼくらに言ったこと、聞こえた？

もうひとつの声　（食堂の外で）なんだって？

ひとつの声　ああ、きみはまだ眠ってるんだ……

死んだいとこたちのコロス　（最初の声をもじりながら）だれかが話すのを聞いたのは確かだ。なにもかも想像したものだなんてはずがない。少なくとも、セレスティーノがこの近くで眠り、熱がちょっとあるってことは確かだ。ぼくらみたいな暮らしをしてると熱があるってのはとってもまずいんだ。ここ、草原の真ん中だと、にわか雨がまっすぐ頭に落ちてくるから。ぼくは牧場まで行って、あんまり家に近づかずに、せんじ薬を作るためにミントとケアリタソウの枝を何本か切る。でもそのあと火をつけるマッチがないのに気づく。家まで行って、ばあちゃんからマッチが盗めたらいいんだけど。でもぼくは家には二度と入れない。ぼくをなぐり倒そうとみんなが待ちかまえてるのが分かってるから。セレスティーノには生の葉っぱを食べさせてやろう。

ばあちゃん　（窓から見つめながら）子供たち、なかなか川からもどってこないわね！……

おかあさん　（いらいらして）どうしてそんなこと言うの！　まだ早いでしょ……

おばさんたちのコロス　いま何時！　いま何時！……

ひとりの小妖精　（テーブルの上でとんぼ返りをしたり、皿を何枚か割ったりしながら）「おまえはほかの場所から来て、あらゆるところへ行ってしまう」

もうひとりの小妖精　（頭に皿をのせて）アルチュール・ランボー。『地獄の季節』

（木々に襲いかかる斧の大きな音。その物音はだんだんがまんできないくらいになる。そのあと遠ざかって行き、やがてすっかり消えてしまう。）

死んだいとこたちのコロス　どうして家族に逆らわないんだって、ぼくはセレスティーノに聞いた。なんなら助けるよって。なんなら、じいちゃんがきみの胸の真ん中に突き刺したその杭、抜いてあげられるよって言った。その杭を持って家に行き、じじいが寝たら突き刺してやろうってもちかけた。でもセレスティーノは、全然痛くない、逆らわない、って答えた。

ひとつの声　（食堂の外、遠い斧の音に混じって）でも、きみが正しいのなら、どうして逆らわないんだ？

もうひとつの声　自分が正しいって、あんまり確信してないんだ。

ひとつの声　でもきみは悪くない……

もうひとつの声　どうかな。

ひとつの声　それじゃあ、狂ってないのはあいつら？

もうひとつの声　かもしれない。

ひとつの声　あいつらが正しいんなら、どうして赦しをこい、いっしょにならないの。

もうひとつの声　できないから。

魔女たちのコロス　（叫んで）できない！

小妖精　（ほとんどの皿を割りながら）できない！

小妖精たちのコロス　（どぎまぎして、慎重に）作者不詳。未刊……

（食堂の外で、男の子の泣き声。それからだれかが牧場の牛たちを大声で呼ぶ。）

魔女たちのコロス　「わたしは数日後にまたおまえに会いに来る。夜明けがこんなに近いとは信静寂の優しさ！

――『魔法の鏡』

じられない。いまから数日後におまえは自らの声を聞き、わたしは貪欲な渇きを忘れさせてくれる水をおまえの口から飲むだろう。

わたしは母をなくした小羊のようだった。

わたしは蜜で育んでくれる唯一の花をもはや見つけられない蝶のようだった。

わたしは絶えずおまえの名を、そしておまえがわたしに授けてくれた子の名を口にする。男の心はどうしてこのような愛を容れうるのか！」

「幾千年もの歳月を思え。雨、風、川、そして海が一つの岩を、いまおまえが遊んでいる一握りの砂に変えるのに要した。

幾千人もの人間を思え。おまえの唇がわたしの唇の下で熱くなるために要した。

巡礼が砂で身を清めるように、わたしはおまえが遊ぶこの二握りの金の粉を両手でかかげ、わたしの背中に振りかける。

わたしは数日後にまたおまえに会いに来る[*1]」

死んだいとこたちのコロス　セレスティーノは鳥かごの中で死んでる。ぼくには見えないけど、死んでるのは分かる。魔女が空中でいっぱい曲芸をし、「死んでる」ってぼくに言った。でも

＊1　『愛撫の園』所収の詩「砂」と「近い夜明け」。フランツ・トゥーサンがアラビア語からフランス語に翻訳したものに準拠。

ぼくは魔女を相手にせず、セレスティーノにせんじ薬を作って熱を下げてやるために、クジャクサボテンの花やシッサスのつるをとりつづけた。引っこ抜こうとしたとき、つるが「死んでる」ってぼくに言った。でもぼくは相手にせず、引っこ抜いた……。途中見つけたありとあらゆる植物の花や葉、つるを両手にいっぱい持って家に帰った。ぼくのかあちゃんは急いで出てきて、ぼくのところまで来ると、「死んでる」「死んでる」って言う。

魔女たちのコロス　「わたしを自由にしてくれ、ああ、たくましい分別よ、希望もなく愛することから、わたしを自由にしてくれ、それは狂気なのだから」*2

いとこたちのコロス　もうぼくは家には帰らない。そこではぼくのかあちゃんが、ボダイジュの木のずっと下で、いつも泣きながらぼくを待ってる。ぼくはもう二度と井戸をのぞかない。あのときみたいに、井戸の底にいる自分を見るのが恐いから。もう家には行かない。もう二度とバケツも探さない。おじいちゃんを相手にしない、子牛たちを囲いに入れろって言っても……。いまぼくはここで、ツツガムシだらけの草むらで横になって待つんだ。にわか雨が来て、それがわきたつような水の流れとなってぼくをつれてってくれるのを、セレスティーノはおぼれるために飛び込んだと言われてる場所まで……。

おばさんたちのコロス　ああ、ああ、最後に見かけたときには、裸で歩いてたそうだ。

じいちゃん　ああ、ああ。そして足を赤むけにして。

母さん　ああ、ああ。そしてたえず書いてた……。

魔女たちのコロス　「わたしは夜明け前には寝つけないだろう。
今朝、その思いにわたしは幸せになる。
わたしの孤独には千の存在が住んでいる」[*3]

おばさんたちのコロス　（じいちゃん、おばあちゃん、おかあちゃんに続いて、立ち去りながら）とうとう子供たちが川からもどってくるみたい。迎えに出て、尻を四回蹴ってやろう。そうすりゃ、あたしたちの許しなく家から出ちゃだめだって学ぶよ。

（おじいちゃんはドアに向かうとき子牛みたいに泣き叫ぶ。おかあさんは食堂の真ん中で立ち止まる。おばあちゃんはおかあさんを引っぱろうとするけど、できない。結局、あきらめて、片足で歩きながら出ていく。）

きみ　（死んだいとこたちのコロスの中で）ぼくは井戸に行った。そして底をのぞくと、ぼくのかあちゃんがいて、水面から楽しそうにぼくに頬笑んでた。

＊2　二つの詩を合わせて作った詩「わたしの愛さない人」。最初は韋荘、最後は宋の詩人、秦観、あざなを少游の作。（詩の一部が示されているだけ。）
＊3　『魔法の鏡』、ポール＝マルグリットのフランス語訳。

魔女たちのコロス　楽しそうにぼくに頬笑んでた。

井戸の底からのきみの声　ここはこんなにも静か。どんなに静まりかえってるかみんなが分かってくれたら。セレスティーノもぼくといっしょ。セレスティーノ、ぼくのかあちゃん、そしてぼくがここ、湿った井戸の底。ぼくらを見るのが恐くてだれものぞき込もうとしない。そして、通りがかりの人は「その井戸は魔法にかかってる。底で声がするのを聞いたんだ」と言う。そして急いで逃げてくのが聞こえ、ぼくは楽しくなる。そして、ぼくのかあちゃんやセレスティーノに抱きついてると、だんだん眠くなっていく。眠って、そしてかぐわしい緑になっていくような水にいつも浮かびながら。

（おかあさんは両手を頭にもっていく。食堂から姿を消す。すぐに入ってくる。大声で笑ってるけど、まるで井戸の底から聞こえるみたいに響く。テーブルまで行き、バナナのひとかけを一口で食べてしまう。それから四つんばいになって歩き始める。そのまま食堂から出ていく。おばあちゃんは、まったくこの世のものとは思えないような姿になって、あとに続く。おばあちゃんは片手を首に置き、もう一方の手を前にのばして、エキゾチックな儀式のダンスを練習するみたいに、軍人のような足取りで歩いていくことになる。）

きみ　（セレスティーノのほうに想像して進みながら）来いよ。石蹴りしよう。石蹴り好きだろ？

（いとこたちはみんな石蹴りをはじめる。跳んだり、場所を変えたり、つまずいたりする。一瞬、ぼくらにはめくるめくような情景に見える。台所をおかあさんがスカートを上げ下げしながら横切り、反対側へ消えていく。）

魔女たちのコロス　「わたしを起こさないでくれ。鳥たちがさえずりを始めるときに眠る幸せがあるのだから。わたしにはどの夜明けも緑の絹の上掛けの下、青ざめている[*4]」

小妖精全員　（食堂の片隅に集まって）青ざめて！　青ざめて！　青ざめて！

魔女たちのコロス　「ざわめきが痛々しく静寂を引き裂く。すもものつぼみがいくつ開いたか、知りたいと思いさえしない。

それでもなお、起きるべきだ……[*5]」

小妖精全員　起きる！　起きる！

＊4　『魔法の鏡』所収の作者不詳の詩。
＊5　同書。

（おじいちゃんが斧を肩にかつぎ、顔の汗をぬぐいながら横切る。その後ろからおばあちゃんが死神と話しながら、両手で空っぽのかごを持って、やって来る。いとこたちはみんな飛んだり跳ねたりして石蹴りをしてる。外からいとこたちの笑い声、騒ぎ声が聞こえてくる……）

魔女たちのコロス　「ガラスの宮殿では妖精たちや小妖精たちのために菊が花開き、詩人ははっきりその花を感じる。めのうの杯に似た花を」[*6]

小妖精全員　（食堂の樋から消えながら）めのう！　めのう！　めのう！

（おばさんたちが片手を高く上げ、聞こえるはずのない軍隊行進曲に合わせて、横切る。しっかりとした、でも突拍子もない足取りで行進する。）

死んだいとこたちのコロスの声　（外から）セレスティーノが死んだ蛇を両手で持ってやって来る。

おばさんたちのコロスの声　（外から）蛇がセレスティーノをまるで蛙みたいに飲み込んでる。

（笑い声や歌声が聞こえる。）

おかあさんの声　（外で）ろくでなし！　また途中で倒れ、からっぽのバケツで帰ってきて。おまえなんか粉々になりゃいいのよ！……

おじいちゃんの声　（外で）そいつはばかだ！　そいつはばかだ！　できることと言ったら、一日中木に落書きして、いやらしいことを記すことだけだ。

（ふたたび笑い声や歌声。）

おばあちゃんの声　（外から金切り声で）早く！　早く！　井戸に飛び込んだよ！

（まったくの静寂。それから子供たちのすごい叫び声、そしてワイワイガヤガヤの大騒ぎ。いとこたちは食堂で石蹴りを続ける。きみはだんだんいとこたちにまぎれていく。まるで死者たちのコロスの中のひとりみたいに。）

魔女たちのコロス　（窓まで進みながら。魔女たちのコロスが話してると、「井戸に飛び込んだよ」というおばあちゃんの叫び声が聞こえる。でもとっても遠くで、ほとんど聞きとれない）

＊6　「詩人の花束」。前蜀の詩人、毛文錫の詩「月のガラスの宮殿」に想を得た詩。

「わたしを起こさないでくれ。鳥たちがさえずりを始めるときに眠る幸せがあるのだから。

わたしにはどの夜明けも緑の絹の上掛けの下、青ざめている。

ざわめきが痛々しく静寂を引き裂く。居間でわたしを待つ朝の客にはあまりにもむごいもの。

すものつぼみがいくつ開いたか、知りたいと思いさえしない。それでもなお、わたしは起きるべきだ……。

煙突の煙は屋根の上にアラベスクを描く。

わたしは大空に愛の言伝てをひたすら読み解こうとする。

じき模様は散り散りになる。

そしていま空はまったくの裸。

窓の前で、風が枯葉を舞いあげる陰鬱な中庭を眺める。

春は遅れる、だが悲しみの草はどの季節でもふたたび緑となる。[*7]」


（おばあちゃんの叫び声が止まる。魔女たちのコロスは窓のそばで、うっとりと中庭のほうを見つめている。静寂。それから突然、遊んだり歌ったり質問をしたり、あちこち走りまわったりする、そんな男の子たちのすごい騒ぎにその静けさが破られる。ぼくらは野原にいて、男の子たちは楽しんでる。ときどき斧の鈍い音、木が山全体を震わせながら倒れ、何度もこだまして響きわたる音が聞こえる。そのあと声が、騒ぎが続く。）

ぼくはワインを一本持ってピンギンの茂みまで走ってきた。そのビンをピンギンのあいだに隠し、あとでだれにも邪魔されずに、のんびり酔っぱらえるように。酔っぱらって地面にあおむきになるのはとっても気分がいい！　そんなときにはアリが食いつくのも感じない……。酔っぱらうのは大好きだ。だから隠せるかぎりビンを隠すようにしよう。家にもどって、もっとワインを持ってきてピンギンの茂みのすきまに隠そう。

ぼくは二十回あまり家を往復して、そのたびにいろんな種類のワインを運んだ。ばあちゃんが自分用に隠してたペパーミントのビンまで。気づいたら、天にまで届く叫び声をあげるだろう。でも、ざまあみろだ。どのみち、ぼくがとらなかったら、おばさんたちのだれかが盗むんだから。いつも**自分の気に入るもの**がないかあたりをうかがい、自分たちの前に置かれたものはなんでも盗むし、置かれなくてもやっぱり盗む。ぼくのかあちゃんの結婚式のとき、かあちゃんはとってもまぬけなので、ほかの人たちにつけ込まれて、もう裸同然になってしまう。というのもかあちゃんの服は（とっても少なかったけど）どれも盗まれ、いまではぼくのかあちゃんは袋でスカートを作り、最初に見つけたものでからだをおおっていなくちゃならないからだ。ろくでなしのお

＊7　秦観の詩『わたしの愛する人』の末尾。

ばさんたち！　そしてそれでも足らないかのように、ぼくのことをとやかく言ったり、けんかしたりすることしかしない。もうぼくはうんざりしてる。いつか毒をちょっとつまみ、猫だって逃げださせないようにして、おばさんたちの食べ物に入れてやる。そう、いつかぼくはそうするんだ。その日は食べ物を口にしないようまずぼくのかあちゃんと話をつけなくちゃいけないけど。猫一匹、この家にいなくなるんだからね！……。もうおばさんたちはワインのビンが二十本足りないってことに気づいてるみたい。というのも家では恐くなるくらいの大騒ぎが聞こえるから。おばたちはかわいそうにセレスティーノのせいにしたみたいだ。棒でなぐって殺しかけてるから。ここにいてもおばさんたちの叫び声が聞こえる。おばさんたちの叫び声。おばさんたちの叫び声。

おばさんたちの叫び声。

おばさんたちの叫び声。

おばさんたちの叫び声。


「セレスティーノをぶたないで。ワインのビンを盗んだのはぼくなんだから！」

いま人の群れがぼくを追いかけてる。ぼくのおばさんたちはみんな棒と石を持って、いまいましい老いぼればあちゃんは、いつもなんだかんだぶつくさ言い、なんにもすることができないんだけど、いまはまるで女の子みたいにぼくの後ろを走ってる。いまいましいばばあ！　ぼくのかあたしは肉団子には目がない。

——ぼくのおばさんのひとり

あちゃんに毒をもるなら、ぼくがあんたに毒をもってやる！　じいちゃんも斧を高く上げて、際限なくののしりながらやって来る。どうやったらこんないやな連中から逃げられるか、その方法を考えなくちゃいけない。つかまえたら、酔いにまかせて、ぼくをズタズタにするから。

じいちゃんの斧が、火花を散らしながら、ぼくのあたまのそばを過ぎた。もうみんなが来る。もうほとんどぼくを囲んでる。飛びあがれたら！　でもたまたま肝腎なときにできないし、この辺には魔女はひとりも見えない。なんとかうまくやりすごさなくちゃいけない。

もうぼくの腕をつかみ、ぼくをバラバラにしようとする。おばさんのひとりから頭が響きわたるくらいの一発をくらう。そしてばあちゃんは、とてもいまいましいんだけど、棒でぼくをたたく。

「どこにビンを隠したか言わないよ！　なんにも言わない、だから、よけりゃ殺して！」

「このくそガキ！」

「この家にはこの聖なる日にさえ平和はないのかねえ！　おまえなんか首を引っこ抜いてもらうのがおにあいさ！　ろくでなし！」

「たたき殺して！」

「どこにビンを隠した⁉」

「なんにも言うもんか！」

じいちゃんはぼくを揺さぶり、蹴りまくる。でもぼくは杭よりも固くなって、殺されたってなんにも言う気はない。じいちゃんは、ぼくを揺さぶるのに疲れ、斧をつかんで、言う。

「さあ、言うんだ、どこにビンを隠したか。でなきゃ、頭をまっぷたつにしてやる！」

「その人から斧をとって！　酔っぱらってるから」

「いかれたわ！」

「斧！」

じいちゃんは斧を振りおろす。斧はぼくの耳をかすめ、じいちゃんの足の親指に突き刺さる。じいちゃんは、去勢されてるときの馬みたいなうめき声を上げる。ぼくはそのすきに逃げだすけど、ばあちゃんは宙で十字を切り、ふたりの魔女がぼくを高く抱きあげ、古いピンギンの茂みのいちばん奥の片隅に隠してくれる……。ビンの上にいたトカゲの一団は、ぼくが魔女たちにつきそわれてるのを見て、急いで逃げだす。ぼくらのパーティはいま始まる。魔女のひとりが最初のビンのせんを抜き、つま先立ちする。ぼくも遅れをとらずに、二本目のせんを抜く。そして三本目。そして四本目。

そして五本目……、白ずくめの四匹のトカゲは、トカゲたちが言うには、川の向こう側に行って、自分の体に火をつけた。

マンブルは戦争に行った
悲しい、悲しい、ほんと残念！

——童謡

サンファンの木、
ファンの家族はパンをほしがり……

トカゲたちが火花を散らし声を合わせて歌いながら横切る。そのあと、飛びあがり、ボダイジュの木によじ登る。その木である晩、ばあちゃんは便所に行くとき、おじいちゃんがとっても固くなって、首にロープを巻いて揺れてるのを見た。「なんて悲しい運命なんだろ」とその晩ばあちゃんは言った。シーツにくるまって便所に入っていたとき。「あのボダイジュの木であたしの父さんが首をつった」と言った。「あたしのしゅうと、あたしのおじいちゃん、あたし、そして今度はあの人。なんて悲しい運命なんだろ！　明日にもあのボダイジュを切ろう」

でも切らなかった……。

ママはぼくが隠れてるところを見つけ、目に涙をいっぱい浮かべて、近づく。「ねえ」と言う。「家に持ってかえるからワインをちょうだい。もうあたしを苦しめないで。あたし、もうほんとみじめ……」

ぼくのかあちゃんはそうぼくに話した。そして**みじめ**って言葉を言うとき、その声はいつになくしわがれた。ものが言えなくなるんじゃないかとぼくは思った。

ママはもういい年だ。いい年と一度だって言えなかったような年寄りだ。なぜって家にはママより年とってる人たちがいるから。

ぼくのかあちゃんはいつも、なにかにつけて二番目の人、ほかの人たちが食べ物をよそうまでよそうのを待ってないといけない人。ネズミだらけのトウモロコシしぼり機のそばにある、いちばん奥の部屋で寝る人。夫も家もないから、ぼくのかあちゃんはぼくのいとこをみんな育て、おばさんたちみんなの出産の世話をしなくちゃならなかった。でもおばさんたちはかあちゃんをこき使い、あんたはバカ、と言う。ぼくのいとこたちもかあちゃんをいじめ、「もうろくばばあ」と言うし、ぼくもときどき、そう言う。かわいそうなママ！　かあちゃんを捨てた男はそんなことをする前に死んだにきまってる。

ぼくはワインのビンをみんなぼくのかあちゃんにあげた。来年まで酔っぱらうのをやめなくちゃいけない……。ぼくはワインのビンをみんなぼくのかあちゃんにあげた。そして突然、うれしくなる。かあちゃんが遠ざかっていくのを見て、またまちがえてなきゃいいけどって思う。あの人がぼくのかあちゃんであってほしいな。ぼくが想像してるだけっていうんじゃなくって、そしてぼくのほんとのかあちゃんが、棒を手にして家で待ってなきゃいいんだけど。でもそうじゃない。ぼくのかあちゃんが口にしたみたいなあんな独特な言い方で、「みじめ」って言える人をぶっちあげたことなんかない。そうだ、疑っちゃいけない。たとえちょっとのまでも、ぼくは初めてぼくのかあちゃんを見たんだ。もう、ほかのかあちゃんに棒でたたかれたってどうってことない。

ぼくのかあちゃんは女の人の中でいちばん若い。
ぼくのかあちゃんはとっても若いのでぼくはどこでも好きなとこへつれていける。
ぼくのかあちゃんは賢い。
ぼくのかあちゃんは毎晩ぼくにちがうお話をしてくれる。
ぼくのかあちゃんはだれも歌ったことがないような歌い方で歌う。
ぼくのかあちゃんはぼくのかあちゃん。
ぼくのかあちゃんはヤシの木に登れる。
ぼくのかあちゃんは水面を泳ぐ。
ぼくのかあちゃんはゆうべ太陽を見にぼくをつれてってくれた。
ぼくのかあちゃんは家を掃除してる。
ぼくのかあちゃんは屋根で踊ってる。
ぼくのかあちゃんは井戸で歌ってる。
ぼくのかあちゃんは居間で鳴いてる。
ぼくのかあちゃんは服をくじの賞品に出す。
ぼくのかあちゃんは物ごいをしてる。
ぼくのかあちゃんはドアをノックしてる。

ぼくのかあちゃんは目を閉じてる。
ぼくのかあちゃんが家を掃除してるのを聞いて。
ぼくのかあちゃんが屋根で踊ってるのを聞いて。
ぼくのかあちゃんが居間でニャーオと鳴いてるのを聞いて。
ぼくのかあちゃんが服をくじの賞品に出してるのを聞いて。
ぼくのかあちゃんが物ごいしてるのを聞いて。
ぼくのかあちゃんがドアをノックしてるのを聞いて。
ぼくのかあちゃんが井戸で歌ってるのを聞いて。
ぼくのかあちゃんが目を閉じてるのを聞いて。
井戸で歌ってる。
井戸で歌ってる。
井戸で歌ってる。
ぼくのかあちゃんが井戸で歌ってるのを聞いて。
ぼくのかあちゃんが目を閉じてるのを聞いて。
目を閉じてる。
目を閉じてる。
目を閉じてる。

きょうはとってもよく晴れた日だった。とっても早くからゴキブリたちがぼくの城に現れて、「ごきげんよう」「ごきげんよう」って言った。ぼくは目に涙をいっぱい浮かべて大きなドアから出ると、歌いだした。ゴキブリたちはうやうやしくおじぎをしたので、ぼくは笑いだした……。ゴキブリたちはぼくの腕をとった。そしてぼくらは牧場中を歩きつづけた。なんて太陽！　すっごく明るい！　気づかないうちに、ぼくらは溶けかけてる。それでも、なんて涼しいんだろ！まるでもう十二月や一月の明け方みたい。そのふた月はなんて気持ちよくって短いんだろ！……。気づかないまに、ぼくらは川のずっと向こうにある大きなぬかるみを歩いた。でも泥だらけにならなかった。ゴキブリたちはぼくを持ちあげ、運んでくれる。なんてご親切に！　なんてご親切に！　とぼくは言う。でもいちばん不思議なのはゴキブリたちも汚れてないってこと。まるでマモンの殻みたいに、甲羅を日に輝かせてる。そして、ときどき、たくさんの足を宙に上げて、とってもきれいになるので、ぼくはその足に抱きつき、「置いてかないで！　置いてかないで！」って言う……。でもゴキブリたちはぼくを置いてくつもりじゃなかった。「どこへでもついてくわ」って言ってくれた。そして、ぼくはすごい寒けがしてだんだんみぞおちが痛くなっていくけど、その寒けは上り下りしてひとところにじっとしていない。ぼくらは川を跳びこす。サトイモのでっかい葉っぱの上で休まなくちゃいけない。でもそのあと歩きつづける。というのももうすぐ夜になる。夜になったら、ぼくらが踏みつぶされないようにしてくれる人なんかいる？

ゴキブリたちはぼくを置いていった。途中でぼくの腕から放れ、「あんたはあたしたちをだました。仲間だって言ったけど、あたしたちはあんたが永遠だってことが分かったの」と言った。「永遠?……」ってぼくは聞いたけど、もうゴキブリたちは姿を消してた。「永遠」ととっても高く飛んでる数羽のトティが言った。ぼくも飛びあがり、追いつこうとした。でもぼくの目の前で消えた。そしてぼくは地上にもどった。

初めてぼくはいつになく、ひとりぼっちだという気になった。

きみがいないのなら、ぼくはきみを作りださなくちゃいけない。そしてきみを作る。するともうひとりぼっちと感じなくなる。でも突然、象たちや魚たちがやって来る。そしてぼくの首を押さえつけ、ぼくの舌を引き抜く。そして最後には、永遠になるようぼくを説得する。

そこで、ぼくはまた作りださなくちゃいけない。最後に木が一本も立っていなくなるまで……。もう安心して眠れる。大きな斧を脇の下にしまって。

また中庭にもどった。大きさのちがう、たくさん頭のある何千ものトカゲに、押されたり、かみつかれたりして追われ、中庭まで行くしかなかった。でもトカゲたちは井戸まで来ると、ぴょんと跳びこえ、ぼくに追いつくまで歩きつづけける。

そして追いつく。そしてぼくを倒す。そして少しずつぼくをズタズタにしていく。

セレスティーノ!

ほんとうに雨は夜の中で歌う。

――エリセオ・ディエゴ

セレスティーノ！
セレスティーノ！

「みんな起きて。セレスティーノが死んだ……」

ぼくはセレスティーノをつかんで、墓地につれてった。でもいとこたちはぼくがセレスティーノを自分たちといっしょに埋めるのをいやがった。そしてぼくはヒメコンドルに食われないよう、セレスティーノを食べてしまわないといけなかった。だから連中はいまひどく荒っぽくなってて、とっても高く、雲のあいだに上がり、はずみをつけて降りてきてぼくの胃からセレスティーノを突っつきだそうとする。でもそんなことできない。もうぼくはドアのすぐ近くにいるから。ちょっとはいずったら、家に着くんだ。

「かあさん！　ドアを開けて！　ヒメコンドルたちにそこまで追っかけられてるんだ。開けて！　開けて！」

ぼくのかあちゃんはドアを開け、入口に立って、ぼくを中に入れない。

「入れて！」

「だめ、まだ入れない」

「入らないと、ヒメコンドルやトカゲたちに食べられちゃうよ」

「よく分かってるでしょ、ヒメコンドルたちがとっても高く上がってるのはあんたをねらってるんじゃないし、トカゲたちが食いたがってるのはあんたじゃないってこと。あんたは永遠なの」

「ちがう！」

「このあたしが言ってるのよ。あたしもそうだから。あたしたちふたり、その不幸に苦しむの、いちばんひどい不幸に」


ぼくのかあちゃんはぼくの目の前でドアを引き、すすり泣きながら、居間に入った。じいちゃんは斧を背中の下にして眠り、ばあちゃんは宙であれこれしかめっ面をしてるけど、すきまから入ってこようとはしない……。人の話だと、ぼくは夜になると出てきて、井戸まで歩き、じっとしたまま底を見つめる、そしてあるとき、ぼくがもう井戸べりに上っていたとき、ぼくのかあちゃんがつかまえてくれた……。


ボダイジュの木――まだ立ってる木――まで来ると、小妖精に出くわした。

「きみがほしいもの、とうとう分かった」とぼくは言う。「でもきみに指輪をあげようとしたってぼくにはなんにもできない」

「かまわない。とにかくもう必要ないから」

「どうして？」

「きみの知ってるだれかがそれをきみから盗み、自分が持ってるときみが気づく前にぼくにくれた。だからぼくはしつこくきみにくれって言ったんだ。ぼくはきみを助けるためにだけやって来た。きみによく考えてもらうために、そして、気づいてもらうために。きみには見えないけどきみを見てるもののことを。きみは予感しないけど、きみを支配するもののことを。そしてそうしたものがきみをまごつかせる。きみはつむじまがりだった。いまきみは永遠を運命づけられてる。ぼくはきみに忍耐を望むしかないんだけど、それは、ぼくも永遠の存在のひとりなんだけど、このぼくが持てなかったし、絶対持てもしないくらいたいへんなものなんだ」

「でも、ぼくを助けてるって、どうして言ってくれなかったの？」

「きみはぼくを全然相手にしなかった。そしてぼくが近づくたび、きみは夢を見てるんだと思おうとしてた。わけもなくきみを助けてくれる人がいるなんてきみには信じられないんだ！　結局、きみの手はぼくのどんなお話よりも非限実的なんだけど、その手で触れられるものしかきみは信じないってことなの？　でももう遅い。ほら葉っぱだ。なんならきみに指輪を見せてあげる。さあ、ほかのとおんなじだろ。ちがうのはこれがきみのだったってことだけ。そしてもうきみは二度とそれをとりもどせないってこと」

　その小妖精はもうボダイジュのいちばん先の枝の上で消えかかっている。ちょっとのま葉のあいだで指輪がキラキラ光る。そしてぼくはいつかまたその小妖精に会えるかどうか知りたかった。

「ぼくらが永遠なら」とぼくは言った。「きみの名を教えてよ。そしたらいつかきみの名を呼べるから、千年後か千世紀後か、ぼくらがいつどこで出会っても」

「ぼくの名はセレスティーノ」と小妖精は言った。

そしてボダイジュのてっぺんの上ですっと消えた。

ドアをノックしに、七回もどった。いま裸で来てる。もう年寄り――たぶんぞっとするような年寄り――になってるにちがいない。ぼくのかあちゃんがドアを開けに出てくる。ばあちゃんとじいちゃんがあとに続く。

「なんの用？」とぼくのかあちゃんが聞く。

「今夜はみんなといっしょにいたい」とぼくは言う。「外は雨が降ってて、たくさんの雷がぼくの頭の上に落ちたがってるみたい」

「きょうはだめ」とぼくのかあちゃんは言う。その目から涙があふれでそうなのが分かる。ばあちゃんとじいちゃんは急いで頬笑んだけど、すぐにまたいつもの顔にもどった。

「じゃあ、いつ入れるの？」

「あした！　あした、おいで！」。ぼくは喉がしめつけられるような気がした。「あした、おいで！」とぼくのかあちゃんがもう一度言うと、じいちゃんは斧をふたつに折り、ばあちゃんは天井のほうを見つめ、逃げだせそうなすきまを探す。「あした！」とかあちゃんはまた言うと、とうとう川に住んでる大きな蛾に変わった。雨がたくさん降ったり、降りつづけたりしてるときだけ出てくるあの蛾に。

外にはボダイジュの木が一本あった。二、三匹のコオロギが「リン」「リー」「リン」と鳴いていた。魔女の一団が家の屋根の上で話をしていた。そしてぼくは、びしょぬれの地面にあおむけになって、とっても楽しい気分で、雲をふたつずつかぞえだしたけど、そのいろんな雲はぼくの目のずっと下を横切り、ときどきとっても込み入った合図を送ってよこした。

それからぼくは早く眠り込めば眠り込むほど、それだけ早くつぎの日が来るって考えた。そしてぼくは眠り込んだ。そしてぼくは眠り込んだ。

そしてぼくは眠り込んだ。

そして人の話だと、ぼくは眠ったまま井戸まで行って、井戸べりからのぞき込んだ。そしてそこでじっとしていた。宙に落ちる直前に、ぼくのかあちゃんが——前のときみたいに——ぼくをつかまえてくれると期待しながら。

でもぼくのかあちゃんがいましてくれた話だと、その晩は間に合わなかった。ぼくはその話を疑ってて、きっと早く着きすぎたんだと思う。

最後の終

一九六四年、ハバナ

ハバナの奇跡

フアン・アブレウ

レイナルド・アレナスは、二十歳になってまもなく、最初の小説『夜明け前のセレスティーノ』を書いた。それはキューバ文学ではほとんど類のない文学的成熟と早熟の奇跡である。当時わたしは六〇年代の激動のハバナで本の世界を発見しはじめていたが、そんな若いわたしにとって、この並外れた小説を読むことは創造の真の奇跡と接触することだった。新鮮な爽やかさへ、旧態を打破するような恐れを知らない屈託のなさへと通じる空間にわたしを近づけてくれたのだ。危険にみちた領域に。

二十数年後、『ふたたび、海』の著者はもうひとつの奇跡の主役を演ずることになる。それはマンハッタンの病院で死の瀬戸際からもどり、彼の最も天才的な驚くべき小説『夏の色』を仕上げるためにヘル・キッチンの質素なアパートメントに引きこもったときのことだ。そのときのことがいつも脳裏に浮かぶ。息も絶えだえのアレナスが病院を出て、タイプライターのあるところまで階段を這いずりあがっていく。まるでわが国の精神生活における本当の模範的な英雄的行為の瞬間にいるかのように。だが、話をもどそう。

夏のきらめくある朝、わたしはアレナスと知り合った。彼が腹黒い伯母から借りていた、海の間近の部屋でのことだった。そのときから彼の存在はわたしの人生に大きな影響を与えてきた。彼と知り合っていなければ別のものになっているかもしれない。わたしは十六歳、彼は二十三歳で、キューバ文学を変えそうな二つの小説をすでに書いていた。つまり、いま日本の読者が手にしているこの『夜明け前のセレスティーノ』、そして、ガブリエル・ガルシア＝マルケスの『百年の孤独』とともに一九六九年にフランスの最優秀外国小説賞を受賞した『めくるめく世界』を。伝説は始まっていた。

彼のその小さな部屋は本でいっぱいだった。狭いベッドが収まるくらいのスペースしかなく、家具といえば重いアンダーウッドを支える小さなテーブルだけだった。驚いたことに、そのタイプライターは金属の箱にしまいこまれていて、ばかでかい南京錠がこれ見よがしにかかっていた。アレナスは甲高い笑い声をあげながら、「なにもかも盗まれるからさ」と説明した。その場所からは冒険が、危険、自由、奔放な生気がにじみでていた。当時『ドゥイーノの悲歌』を読んでいたわたしには、その青年はライナー・マリーア・リルケの恐ろしい天使が熱帯で具現化したもののように思えた。

彼の蔵書をなしているすばらしい作品のなかに、ホセ・レサマ＝リマの『パラディソ』を見つけた。まるで聖なる物を扱うかのようにして、手にとった。まだ読んでないことが恥ずかしく思え、貸してくれ、とすぐさま頼んだ。レイナルドの顔はすっかり恐慌をきたし、その大きな目が飛びだしそうになった。すぐに彼はうなるような響きのいい声で、わたしには喜べないような理由を並べたてた。そのあと、基本的な作品で埋まった本棚を軽くしようとしている危険な若者を追い払うために、彼は、近くの浜辺で泳ごう、と言った。

文化的不寛容が禁じ、国中の本屋から消させた本を手に入れられなかったせいで腹が立ち、その持ち主を憎もうとした。でも、できなかった。洒落者の肌のような艶のある肌に巻き毛といった、風変わりで過激なその青年の目に浮かぶ何かがわたしの心をとらえ、その朝、いまだに死の孤独ですら終わらせることのできない友情を開始させたのだった。「孤独が向かい合うこと」と、いつもわたしたちが理解した友情を。そしてその何か、わたしたちを近づけ、その出会いを忘れられないものにしたのは、本に寄せる愛情だった。いま、時と不幸なできごとがわたしの友人を連れ去ってしまったが、彼がわたしの人生にとても重要な意味を持った、そしていまなお持っているのは、彼が本を愛したその愛し方のせいだ。分別のない、激しい、伝染性の、盲目的な、純粋な、無謀な愛。読むべき本、書くべき本、隠すべき本、救うべき本、国から持ちだすべき本、破棄された本、非難された本、警察に押収された本、書き直された本、失くした本、夢見た本。

その朝は、わたしがこの何年か生き延び、仕事をする助けとなっているひとつのメッセージを含んでいた。「想像の世界で存在しうるだけだ」、そして「どんな代償を払っても自由であれ。創造する運命を裏切らないかぎり、すべては許される」という。

わたしは、死ではなく生にあふれた時代を思い起こしたい。わたしたちが若く、言葉の救済する力を信じていたころを。読書に熱中し、すさまじく知識に飢え、創造のエネルギーがとてつもなくあった、常軌を逸した時代を。レイナルド・アレナスは最初の小説でキューバ島の知識人たちの目をくらませ、国で最も重要な二人の作家、つまりホセ・レサマ＝リマとビルヒリオ・ピニェーラの後ろ楯を得た。「自然の力、書くために生まれた人間」と『パラディソ』の著者は判断した。そして誰もその田舎出の若者をそれよりうまく言い表せなかった。アレナスはすでに伝説になりはじめていたが、それは、『めくるめく世界』がＵＮＥＡＣ（キューバ作家芸術家同盟）のコンクールで賞を与えられたものの、その後、文化関係当局にその小説は同性愛を称揚していると非難され出版を差し止められるというスキャンダルのせいだった。だが実際は、その作品があらゆるタイプの政治的、イデオロギー的横暴の告発（そこには多くの人物が映しだされていた）、自由と反逆への讃歌となっていたからだ。『めくるめく世界』はこれまでキューバでは出版されていない。同じように、アレナスの以後の作品はどれひとつとして。そのことが彼の作品の持つ力、そして反体制的な性格の明白な証拠となる。

わたしにとって、レイナルドはいつも、レサマが想像力豊かに指摘したもの、つまり自然の力だった。自然との、楽園追放前の世界、アダムの時代——人間が魔法の、すなわち神の計画の一部であり、家や社会の運命によって、また老化や死といった侮辱によっても卑しめられていなかったころ――との呪わしい接触を持ちつづける（もしくは悩ましげに恋しがる）人間だった。アレナスの作品はわたしたちのおとしめられ堕落した状態に対する反逆の記録なのだ。

物語を語る役を担う、セレスティーノのいとこの叙情的な、錯乱したモノローグで、キューバとその歴史を再創造しようとする恐るべき一つのサイクル、五部作《ペンタゴニア》が始まる（フォークナー、プルースト、カフカといった多くの偉大な作家たちにも言えることだが、レイナルドの本はたった一冊の、偉大な本を形作っているのだと思う）。再創造は救済であり、詩と想像の法則に従い、それを守るだけである。

『夜明け前のセレスティーノ』は、日和見主義的な、従順な、牧歌的、隷属的な概観を呈していた当時のキューバ文学の中に押し入ってきた独創性と爽やかさの大波だった。そのころキューバ文学は独自の、異議を唱える性格を失くしはじめ（一九三七年にハバナでホセ・レサマ＝リマが出版した偉大な詩『ナルキッソスの死』以上に独自のもの、異議を唱えるものがあるだろうか?）、この四十年間の特徴ともいえる従順な傾向を持つようになっていた（むろんわずかばかりの例外はあるが）。

『夜明け前のセレスティーノ』はリズムである。ちょうどその著者がリズムであったように。わたしは、彼ほどテンポに、音楽性に傾倒し、ひとつのリズムであるような能力をそなえた人間に二度と出会ったことがない。リズムは奔放な冒険、生の欲求であり、危なっかしく過激に生きる力だった（そして、彼の作品の中ではそうである）。分かちがたく結びついた生と作品、そして、詩的な運命の心地よい不幸にとりつかれた創造者。

この本は、自分たちの生まれた祖国がしだいに住みにくいものとなってきたため、そのころ言葉の中にひとつの〈祖国〉を求めて巡礼を始めていたわたしたちキューバの一世代にとっては、とてつもない刺激となったたし、その時代の混乱した流れの中で本物の道を示してくれた。わたしにとって、秘密裡に集って自分たちの作品を読んでいた友人グループにとって、そしてキューバの多くの読者にとって、本当の、新たな、革命的な文学の誕生を具現するものだった。当時政治が押しつけていたいわゆる〈社会主義的リアリズム〉の通俗さとは無縁の。

レイナルド・アレナスは偉大な作家、わが国の文化が必要とする反抗的な呪わしい偉大な作家であっただけでなく、勇敢な人間でもあった。彼の唯一の罪は、彼とひどく似ているこの小説の登場人物のそれと同じで、詩人であることだった。当局が彼を黙らせようとするにはその理由だけで充分だった。

レイナルド・アレナスの作品に対する安藤哲行の愛着のおかげで、いま日本の読者の手に届くこの本は、思春期の輝かしい時代に、このうえない教訓をわたしに与えてくれた。つまり、「本当の文学とはわたしたちを変わり者にする文学、わたしたちを危険にさらす文学である。書くことはひとつの仕事ではなく、呪わしい儀式なのだ」という。

その確信がずっとわたしに付き添い、わたしの仕事を、わたしの生を規定してきた。一冊の本にそれ以上求められるだろうか？

この小説を読むことは、読む者を変化させるような、目もくらむ冒険の一部となることである。

では……。

バルセローナ、二〇〇二年一月八日

〈訳者付記〉フアン・アブレウは一九五二年ハバナ生まれ。アレナスの自叙伝『夜になるまえに』にも記されているが、兄ニコラス、弟ホセとともにハバナのレーニン公園でアレナスと集い文学を語っただけでなく、七四年、逃走中のアレナスを全面的に助け、八〇年にアレナス同様、マリエル港から脱出し、八三年に「マリエル」誌の創刊に関わる。その後、画家としても活躍し、作品はいくつかのアメリカの美術館に収められている。作家としては、まず、アレナスの逮捕、逃走、裁判、そして開放刑務所での再会にいたるまでのできごとを綴った『海の陰に――レイナルド・アレナスとのキューバでの日々』（一九九八）。これは『夜になるまえに』を補足するだけでなく（アレナスは自叙伝を書くにあたって、この作品の草稿を参考にさえしている）、当時のキューバ社会、アレナスとの変わらぬ友情、そして、抑圧される人間の闘いがあらわにされており、ノンフィクションとして優れたものである。最新作は、消費する地域とごみ捨て場に指定された地域に区別された未来世界で、ごみ捨て場となった島の住民が最後の戦いを挑む『ごみの島』（二〇〇一）だが、これは連作の第一作になるという。

訳者あとがき

安藤哲行

レイナルド・アレナスといえば『めくるめく世界』（邦訳、国書刊行会）とすぐ連想するが、二十五年あまりの彼の作家としての生はペンタゴニアの完成のためにあった。五部作（ペンタロヒア）をもじって「五つの（ペンタ）苦悩（アゴニア）」、つまりペンタゴニア。ではアレナスは苦悩を重ねることでどんな世界を構築しようとしたのか。

アレナスが最期の年に仕上げた『夏の色』では、作品の半ば過ぎに「序文」が挿入されている。その「序文」を綴った人物の言葉によれば、ペンタゴニアは「わが国の政治的前史と呼びうるかもしれない」時代に「感受性の強い子供が粗野で原始的な世界で経験する波瀾を物語る」『夜明け前のセレスティーノ』で始まり、バティスタ独裁最後の年である一九五八年を軸に「思春期の作家の生活を中心として、バティスタ圧政期におけるひとつの家族とひとつの町全体のヴィジョン」を与える『真っ白いスカンクどもの館』から、「一九五八年から一九六九年までのキューバ革命の過程を背景に、「革命に味方して戦い、その後、まさにその革命の中で、その革命がかつて自分が戦ったものよりも非情で完璧な圧政に変質していることを理解するひとりの男の挫折」を語る『ふたたび、海』、そして一九九九年のカーニバルを山にして「古びた圧政と恐怖全体の頂点である暴君のグロテスクで風刺的な（だからこそリアルな）ポートレート」である『夏の色』、最後に「非情な体制下における人間のほぼ完全な非人間化をめぐる寓話」である『襲撃』にいたる。五つの作品の主人公は語り手の男の子＝セレスティーノからフォルトゥナート、エクトル、ガブリエル＝テトリカ・モフェータ（陰鬱なスカンク）＝レイナルド、そして名のない男へと死と再生を繰り返しながら変わっていく。ちょうど、『夜明け前のセレスティーノ』が「章」という言葉ではなく「終」を使って、終わりは始まりという連鎖を作っているように。

本書はその「ぼくの怒りや愛情の話であるだけでなく、ぼくの国のひとつのメタファーでも」あるペンタゴニアの、そしてアレナスの最初の作品『夜明け前のセレスティーノ』の全訳である。アレナスは亡命後、それまで海外で出ていた版に手を入れ、出版することになるが、著作権をめぐる問題から、本文中の一文からとった『井戸の中で歌ってる』と改題を余儀なくされる。フランス語版は一九七三年にすでに『井戸』として出ていたが、この題名の変更は作品のもつ性格を明らかにもする。夜でも朝でもない「夜明け前」は、自我が確立し社会に組み込まれる以前の主人公＝語り手（十歳くらいの男の子）の世界を示す。「ぼくのかあちゃん」「おかあちゃん」「かあちゃん」「ママ」「かあさん」と母親を呼ぶ（指す）言葉は、場面、状況によって使い分けているわけではない。また、ものが見えるか見えないかといった「夜明け前の」時間帯はまさしく、主人公が現実と非現実の境にいることを表す。一方、「井戸」は主人公ばかりか、その家族、家をもつつむ閉塞感の象徴となる。主人公はその井戸をのぞき、水面に映った自分を眺める。そのナルキッソス的な世界にいる自分は水をくむバケツを落とすだけで、消え散ってしまう。主人公は、水面の自分だけでなく、セレスティーノをはじめとする様々な分身を、そして理想的な母親を創りだすことで、出口なしの状況と折り合いをつけようとする。

『夜明け前のセレスティーノ』が出版されると、その戯曲部分にもとづいた劇が作られたという。アレナスも手伝いはしたのだが、テレビで流れたものは、キューバの寒村をそっくり舞台にしたもので「ぞっとしない代物。（…）ぼくは一度だって『夜明け前のセレスティーノ』を風俗描写の作品と考えたことはない。田舎でも展開しうるし、ニューヨークであれどこであれ展開しうる。問題はその子の幼児らしい葛藤、彼の想像力と迫害感、そして、敵対的な住みにくい世界で詩を書くという願望なんだ。田舎であれどこであれ同じこと。もちろん田舎はぼくが育った世界だったので、それを使ったんだけど」

『夜明け前のセレスティーノ』は一九六五年、キューバ作家芸術家同盟のコンクールで選外佳作になったが、出版されたのは六七年。この三年近い空白のわけをアレナスは「その後、ぼくは『夜明け前のセレスティーノ』の抱える問題を知った。作家芸術家同盟の査読委員会は二つの理由で出版に反対した共産党によって構成されていた。（……）その小説には連中が出版したがらない理由になるものが二つ、いや三つあった。まず、飢えについて話していること。『ああ、腹が減って死にそうだ』、これは削除しなくてはいけない。二つ目は、詩人であるセレスティーノ、人々が理解できないものに対する抑圧について話していること。ぼくは体制を批判するつもりでこの小説を書いたんじゃない。ぼくは自分の原始的な幼児期の世界を述べたんだ。そして三つ目は、連中はなにかを理解したからだけど――それもぼくは気づかなかった。あとになって小説に暗示されていることが分かったんだが――、つまり、セレスティーノと存在しない想定上の人物とのあいだの、あるいは、いとこと想定上のセレスティーノとのあいだの同性愛の関係」と語る。

男が詩を書く＝女々しい＝同性愛、そんな単純な図式で捉えられ侮蔑される世界では、母親は恥ずかしさのあまり井戸に飛び込み、祖父は言葉の書かれた木を切り倒し、家族は詩人を消そうと画策しさえする。さらには戯曲部分に、〈きみ〉が鳥を見て「セレスティーノ！」と言い、祖父は「そうだ、おまえだ！」と答えるシーンがある。ここで、セレスティーノ＝鳥＝おまえ＝語り手という構図ができあがる。鳥（パハロ）はキューバでは同性愛者を指す口語。詩の書かれた木の幹を切ることも、鳥の首をはねることも、同性愛に対する抑圧を指摘していることになる。

『夜明け前のセレスティーノ』には読者の想像力と注意力を試すかのようなイメージとメタファーが氾濫している。それでも足りないかのように加えられる引用の多さ。エピグラフにはワイルドの『若い王』の最後の一文、ボルヘスの詩『不眠』の最後の一行、ガルシア・ロルカの詩『秋のリズム』の一部。そして本文中に挿入される引用。それは実在の作家・詩人たちや、アレナスが世の碩学たちを惑わすために創造した人物、小説の登場人物たちの会話や言葉からなるのだが、物語の展開を追っている読者は、引用部に来るたびにまるで障害物競走よろしく邪魔をされ、別の声を聞かされることになる。

さまざまな声からなる『夜明け前のセレスティーノ』のページを見て空白の多さに気づく。これは、主人公の現実・非現実の移動を示すこともあれば、音楽の休符、あるいは自然の音の途切れ、虫の声がピタリと止まったときの一瞬の静寂のように作用することもある。音は出ていないのだけれど、何かが聞こる。「『セレスティーノ』にはいろんな音があるんじゃないか。音楽は洗練された音楽ではなく、むしろ、まさに自然が生みだす音なのかも。鳥たちのさえずりの音楽、それをぼくは『セレスティーノ』で感じるんじゃないかな」とアレナスは言う。

詩集『意思表明をしながら生きる』（一九八九）の序文の終わりには、「ぼくは地獄を、ぼくが生きることになった現実の唯一の持ち分を、親しげに眺めてきた。それを生き、歌ってきたことに満足がないわけではない。だから最初から最後まで、そうすることにしよう。ぼくは自分がしなかったことを後悔するだけだ。最後の時まで、平静とリズム」と記されている。「最後の時まで、平静とリズム」は、原稿が没収されたために三度も書かねばならなかった長篇『ふたたび、海』の末尾を飾る言葉でもある。

レイナルド・アレナスは一九四三年七月一六日、キューバのオリエンテ州の寒村に生まれ、九〇年一二月七日、ニューヨークのマンハッタンのアパートメントで鎮痛剤を大量に飲んで自殺。寒村での幼少年期、オルギンという町での思春期、五九年のキューバ革命、反体制分子とにらまれて弾圧、逮捕、刑務所入り、その日暮らしのピカレスク的生活、八〇年のマリエル港からの脱出、合州国への亡命、エイズ感染といった四七年のその波瀾に満ちた生涯については自叙伝『夜になるまえに』（邦訳、国書刊行会）に詳しい。また、日本では二〇〇一年に公開されたが、ジュリアン・シュナーベルが監督し、スペイン人のハビエル・バルデムがアレナス役を好演した同名の映画、あるいは、「ユリイカ」（青土社）の同年九月号のアレナス特集でもある程度、把握できる。

翻訳について一言。すでに英語版でお読みの方は、かなりの相違に驚かれるかも知れない。英語版では本文中の引用ページは手書きで、段落スペースの入れ方も違う。また、「アチャス」を含めて、延々と繰り返される語句や文は数回だけにしてあとはばっさり削除されている。実のところ、翻訳にあたってこの「アチャス（斧《アチャ》の複数形）」をどうするかが一つの問題だった。とりあえず「斧」として印刷してもらったが、「斧斧斧……」というつながりではそれほどページ内の空間も占めず、原文の持つ効果も出ない。アレナスは数だけでなく、視覚的、音的にこの語を利用しているため、結局、「アチャス」に変更し、原書と同じ数だけ繰り返すことにした。むろん「斧」は権力や暴力、破壊の象徴であり、数がその大きさ、激しさを物語り、それがそのまま語り手やセレスティーノへの抑圧の度合いを示す。むろん、破壊は創造へと転化するものでもあるが。

なお、本書を出すにあたり、アレナスと交友のあったファン・アブレウに『夜明け前のセレスティーノ』とアレナスをめぐって一文を書いてもらった。疑問点にも快く答えてくれ、献辞の女性がアレナスの従妹であること、身体的な障害があったが懸命に生きているその姿を見て、アレナスは「世界一きれいな」と形容したのだと思うと説明してくれた。ただ、アブレウの文に一ヵ所間違いがあるとすれば、それは、こうして日本語版が出せたのは、筆者ではなく、国書刊行会とほかならぬ編集の島田和俊氏のおかげであるということ。翻訳にあたっても、島田氏にはとりわけお世話になった。この場をかりて深謝したい。

新装版に寄せて

安藤哲行

『夜明け前のセレスティーノ』が再版されるということで、久しぶりに読み返していくうち懐かしい気分になる。翻訳をしていたのは二十年あまり前のことだが、いちばんの課題は、まるでアレナスがカシャカシャカシャカシャとタイプライターのキーを小気味よく叩く音がときおり聞こえそうな原著のもつリズムをどう日本語にうつすかということ。おまけにそれまで読んだことのない文体でとまどうことばかり、まさしく未知との遭遇と言えた。斬新な書き方は時がたつと陳腐なものと評されることもあるが、原著が出て五十五年たった今も、この作品は精彩を放っている。

日本へのアレナスの本格的な翻訳紹介は国書刊行会による『めくるめく世界』(一九八九)に始まる。そして一九九〇年のアレナスの死後、自叙伝『夜になるまえに』(一九九七、国書刊行会)、中篇集『ハバナへの旅』(二〇〇一、現代企画室)、『夜明け前のセレスティーノ』(二〇〇二、国書刊行会)と続く。自叙伝はジュリアン・シュナーベルが映画化し、日本では二〇〇一年九月に封切られ、これに合わせるように『ユリイカ』(九月号)が特集を組んだ。また中篇集の表題作『ハバナへの旅』はNHKが文化庁芸術祭参加作品の一つとしてラジオドラマ化し、二〇〇七年九月に放送されている。

その後、二〇一六年に『襲撃』（水声社）が出ることで、アレナスが『夜明け前のセレスティーノ』以後、まさしく心血を注いで構築した五部作《ペンタゴニア》の最初と最後の作品が日本の読者にも知られることになった。そして第二作、独裁政権末期を背景に、自転車のホイールを回して遊ぶ死神を見たことのある主人公が過ごす思春期を描いた長篇『真っ白いスカンクどもの館』がまもなく出版される運びとなっている（インスクリプト、近刊）。『夜明け前のセレスティーノ』に惹かれた読者には、この主人公がどんな体験をするか、アレナスの斬新な小説の書き方を楽しみながらお読みいただければと思う。一方、アレナスが三度書かねばならなかった第三作目『ふたたび、海』と死の間際まで書き続けた第四作目『夏の色』の翻訳が続いて《ペンタゴニア》の全貌があらわになることを期待したい。

アレナスは小説家というイメージが強いが、彼が最も評価していたのはボルヘスであり、そのボルヘス同様詩人として人々の記憶に残ることを願っていた。アメリカ亡命後詩集も出版されるが、彼が詩人としての資質にいかに恵まれていたか、それは物語と詩的なものが絡み合った本書『夜明け前のセレスティーノ』でも明らかである。

ニューヨークではアレナスの命日に、彼が自死するまで過ごしたアパートメントの前に集まる人たちがいると言う。今回、新装版が出ることで、多くの新たな読者の目に留まり、アレナスが読み継がれるその一助になればと願っている。最後に編集部の伊藤昂大さんにはなにかとお世話になった。この場を借りて感謝したい。

レイナルド・アレナス　Reinaldo Arenas
1943年、キューバの寒村に生まれる。作家・詩人。1965年、『夜明け前のセレスティーノ』が作家芸術家同盟のコンクールで入賞しデビュー。翌年の『めくるめく世界』も同様に入賞したものの出版許可はおりなかった。だが、秘密裏に持ち出された原稿の仏訳が1968年に仏メディシス賞を受賞し、海外での評価が急速に高まる。ただ、政府に無断で出版したことから、その後いっそうカストロ政権下での立場が悪化。そうした国内での政治的抑圧や性的不寛容から逃れるため、1980年、キューバを脱出しアメリカに亡命する。主な作品には『夜明け前のセレスティーノ』から続く5部作《ペンタゴニア》(『真っ白いスカンクどもの館』『ふたたび、海』『夏の色』『襲撃』)『ドアマン』『ハバナへの旅』、詩集『製糖工場』『意思表明をしながら生きる』、自伝『夜になるまえに』などがある。1990年、ニューヨークにて自死。

安藤哲行　あんどう てつゆき
1948年、岐阜県生まれ。ラテンアメリカ文学研究者。摂南大学名誉教授。著書に『現代ラテンアメリカ文学併走』(松籟社)、訳書に、レイナルド・アレナス『夜になるまえに』『夜明け前のセレスティーノ』、ルイス・セプルベダ『パタゴニア・エキスプレス』(いずれも国書刊行会)、マヌエル・プイグ『天使の恥部』(白水社)、カルロス・フエンテス『老いぼれグリンゴ』、ホルヘ・ボルピ『クリングゾールをさがして』、マリアーナ・エンリケス『わたしたちが火の中で失くしたもの』(いずれも河出書房新社)、エルネスト・サバト『英雄たちと墓』(集英社)、レイナルド・アレナス『ハバナへの旅』、マルタ・トラーバ『陽がかよう迷宮』(いずれも現代企画室)、フアン・ホセ・アレオラ『共謀綺談』(松籟社)、ホセ・エミリオ・パチェーコ『メドゥーサの血』(まろうど社)などがある。

新装版　夜《よ》明《あ》け前《まえ》のセレスティーノ

レイナルド・アレナス　著
フアン・アブレウ　文
安藤哲行　訳

2023年2月23日　初版第1刷　発行
ISBN 978-4-336-07468-3

本書は、2002年3月小社刊『夜明け前のセレスティーノ』を、
若干の加筆訂正を行った上、新装版として刊行したものです。

発行者　佐藤今朝夫
発行所　株式会社国書刊行会
〒174-0056　東京都板橋区志村1-13-15
TEL　03-5970-7421
FAX　03-5970-7427
Mail　info@kokusho.co.jp
H　P　https://www.kokusho.co.jp/

印刷　株式会社エーヴィスシステムズ
製本　株式会社ブックアート
装幀　坂野公一（welle design）

落丁本・乱丁本はお取替えいたします。

めくるめく世界

レイナルド・アレナス／鼓直、杉山晃訳

四六変型判／三三〇頁／二五三〇円

実在した異端の怪僧セルバンド・デ・ミエル師の波乱に満ちた生涯を元に、現実と幻想が混淆した途方もない挿話が繰り広げられる奇想天外な歴史小説。キューバの亡命作家アレナスの〝幻の書〟。

パラディーソ

ホセ・レサマ＝リマ／旦敬介訳

A5判／六一二頁／四六二〇円

革命前のキューバ社会を舞台に、五世代にわたる一族の歴史を、豊穣な詩的イメージとことばの遊戯を駆使して陰影深く彩り豊かに描いた、ラテンアメリカ文学不滅の金字塔にして伝説的巨篇、ついに邦訳！

兎の島

エルビラ・ナバロ／宮﨑真紀訳

四六判函入／二四〇頁／三五二〇円

共喰いする兎で溢れる川の中洲、レストランで供される奇怪な絶滅生物、死んだ母からのフェイスブックの友達申請……現実に侵食する恐怖を濃密な筆致で描く、〈スパニッシュ・ホラー文芸〉旗手初の短篇集！

雌犬

ピラール・キンタナ／村岡直子訳

四六判／一七六頁／二六四〇円

この世から忘れ去られた海辺の寒村。子どもをあきらめたひとりの女が、一匹の雌犬を娘の代わりに溺愛することから、奇妙で濃密な愛憎劇が幕を開ける……スペイン語圏屈指の実力派作家による問題作。

コスタリカ伝説集

エリアス・セレドン編／山中和樹訳
四六変型判／三九六頁／三三〇〇円

豊かな自然とスペイン人支配の歴史のなかで生まれ、長く語り継がれてきた中米コスタリカの伝説の数々を、「土地の伝承」「宗教伝説」「怪異譚」の三部構成で紹介。本国で版を重ねる名著の本邦初訳。

記憶の図書館 ボルヘス対話集成

ホルヘ・ルイス・ボルヘス、オスバルド・フェラーリ／垂野創一郎訳
A５判／七〇〇頁／七四八〇円

ボルヘス、世界文学の迷宮を語る。ポー、カフカ、フロベール、ダンテ、幻想文学、推理小説——偏愛してやまない作家と作品をめぐる一一八の対話集。多彩なテーマは日本、仏教、映画等々。

新装版 愛

ウラジーミル・ソローキン／亀山郁夫訳
四六変型判／三〇四頁／二八六〇円

唐突に開始される殺戮、グロテスクな描写、簡単に切り離される身体……。「現代ロシア文学のモンスター」と異名をとる過激な作家が、日常と狂気の境界を破壊して造形する乾いた「愛」のかたち。

新装版 ロマン

ウラジーミル・ソローキン／望月哲男訳
四六変型判／八〇八頁／五九四〇円

十九世紀末のロシア。村を訪れた弁護士ロマンが恋に落ち、やがて結婚する。祝宴の夜、祝いの斧を手にした彼は村人の殺戮を開始する……。想像力の限界を超えたスプラッター・ノヴェル。

女であるだけで　新しいマヤの文学

ソル・ケー・モオ／フェリペ・エルナンデス・デ・ラ・クルス解説／吉田栄人訳
四六変型判／二五〇頁／二六四〇円

メキシコのある静かな村で起きた衝撃的な夫殺し事件の背後には、おそろしく理不尽で困難な事実の数々があった……先住民女性の夫殺しと恩赦を法廷劇的に描いた現代ラテンアメリカ文学×フェミニズム小説。

言葉の守り人　新しいマヤの文学

ホルヘ・ミゲル・ココム・ペッチ／エンリケ・トラルバ画／吉田栄人訳
四六変型判／二二四頁／二六四〇円

「ぼく」は《言葉の守り人》になるため、おじいさんとともに夜の森の奥へ修行に出る。不思議な鳥たちとの邂逅、風の精霊の召喚儀式、蛇神の夢と幻影の試練……神話の森を舞台にした呪術的マヤ・ファンタジー。

夜の舞・解毒草　新しいマヤの文学

イサアク・エサウ・カリージョ・カン、アナ・パトリシア・マルティネス・フチン／吉田栄人訳
四六変型判／二六八頁／二六四〇円

薄幸な少女フロールが、不思議な女・小夜とともに父探しの旅に出る夢幻的作品「夜の舞」と、女たちの霊魂が語る苦難の宿命と生活を寓意的に描く「解毒草」の中編二作。マジックリアリズム的マヤ幻想小説集。

パタゴニア・エキスプレス

ルイス・セプルベダ／安藤哲行訳
四六変型判／二二四頁／二〇九〇円

独裁政権下のチリから亡命し、世界各国を彷徨した経験をもとに綴ったユーモア溢れる短篇集。虐待を受けても、理想を失っても、人生はやはり生きるにふさわしいとする作者の優しい視線が伝わる快作。

10％税込価格。価格は改定する場合がございます。